飛べない雛

横浜ネイバーズ❷

岩井圭也

ハルキ文庫

JN118658

角川春樹事務所

CONTENTS

本書はハルキ文庫の書き下ろし作品です。

1. そして、女神は消えた

この世界は美しいものに優しすぎる。

その真実に気が付いたのは九歳の時だった。

私の自宅で開いた誕生日パーティに、同級生たちが出席してくれた。女の子のほうが多かったけど、男の子も二、三人いた。その日の主役は私だというのに、みんなろくに私を見もせず、好き勝手にはしゃいでいた。輪の中心にいるのはクラスで一番かわいい子で、その子は最後まで私に「おめでとう」と言ってくれなかった。

その理由を、幼かった私は直感的に理解した。私が綺麗《きれい》じゃないから。はっきり言えばブサイクだから、みんな私をいないものとして扱うんだ。

細い目や団子鼻、突き出た頬骨《ほおぼね》、そして太った身体《からだ》が、物心ついた時から大嫌いだった。でも九歳の私は、どうすれば美しくなれるか知らなかった。

明日、目が覚めたら綺麗になっていますように。毎晩そう願って眠りについた。そして朝になり、鏡のなかの顔を見るたびに落胆する。放《ほう》っておいても、自分が美人になる日は永遠に来ない。

「千代《ちよ》は今のままで十分かわいいよ」

母親はそう言ってくれたけど、私は納得できなかった。身内以外に私のことをかわいいと言ってくれる人なんていない。親戚《しんせき》の伯父《おじ》さんですら、「親の悪いところばっかり似ちゃったんだなぁ」と言うほどだった。

高学年になってメイクを覚えた。学校にはしていけないから、休みの日にだけリップを引いたり、チークを塗ったりした。根本的な解決にはならなかったけど、心は少し落ち着いた。ダイエットは何度か挑戦したけど、失敗に終わった。

五年生からはいじめのターゲットになった。むしろ、それまでブサイクで太っている私がいじめられていなかったのが奇跡だったのだ。男子には罵倒《ばとう》され、女子からは無視された。学校に居場所はなかった。

テレビ番組で美容整形について知ったのは、中学校に上がってすぐだ。

不美人の女性が、整形によって美しく変わるというシナリオのバラエティだった。今思えばけっこう残酷な話だけど、当時はただただ、美容整形という名の魔法に驚いた。

「私、人生変えます」

テレビ画面のなかで、整形した女性が泣きながら誓っていた。

——私も人生、変えたい。

その日を境に、整形のことしか考えられなくなった。猛反対する親を相手に、四六時中、整形したいと言い募った。

本気だと示すため、減量も頑張った。十三歳の一年で、七十二キロから四十キロまで減らした。この時驚いたのは、痩《や》せた途端にモテるようになったことだ。男子の見る目が変わっただけじゃない。それまでほとんど友達なんかいなかったのに、女子の輪のなかにすんなり入ることができた。

全部、私が痩せたからだ。

私は確信した。やっぱり、この世界は美しいものに優しい。

ついに両親が折れたのは高校一年の時だった。最初は頰のシミ取りだった。それからはバイトで貯《た》めたお金を注《つ》ぎ込み、何度も施術をした。

今、洗面所の鏡にはすっぴんの女が映っている。下着とキャミソールをまとっただけの、素顔の自分。

いじった箇所は数えきれない。たとえば、瞼《まぶた》を糸で留めてつくった二重。ヒアルロン酸を注入した涙袋。耳の軟骨を移植した鼻。切除縫合によって短くなった人中。ボトックスを注射した口角。

費やしたお金は一千万円を優に超える。

女なら美に憧《あこが》れるのはなかば本能だ。それでも、この世で私ほど美しくなりたいと願い、行動に移した女はそう多くないと思う。

しかしそこまでして手に入れたのは、ひいき目に見ても中の上くらいの容姿だった。美女と呼ぶにはほど遠い。完璧《かんぺき》にメイクをして、加工技術を使って、やっと人様に褒めてもらえるルックスになる。

二十六歳の私はようやく、もう一つの真実にたどりついた。

この世界は美しいものに優しすぎる。

そして、私はどうやっても本物の美人にはなれない。

＊

──ヒマだ。

ロンこと小柳龍一《こやなぎりゅういち》は、フローリングの床に仰向《あおむ》けに寝転んだ。

横浜市中区山下町《やましたちょう》、横浜中華街。ロンの自宅があるのはその真っただ中にある建物の二階である。

一階は、かつて四川《しせん》料理の名店「翠玉楼《すいぎょくろう》」の店舗だった。しかし昨年営業を終了してからは放置されている。オーナーで祖父の良三郎《りょうざぶろう》は、そのうち居抜きで貸し出したいと言っていたが、いまだ借り手は決まっていない。

五月中旬、平日、午前十時。

フリーターのロンには何の予定もなかった。

働く意欲がないわけではない。この一年、市内で起こったいくつものトラブル解決にかかわってきた。なかには爆破テロ犯の確保、特殊詐欺グループの壊滅など、大事件につながる手柄もあった。誰《だれ》かの役に立ちたいという気持ちに嘘《うそ》はない。困った人を助けることが使命だということもわかっている。

だが、仕事がないのだ。

〈山下町の名探偵〉という名誉だがダサい二つ名は、ずいぶん広まったはずだ。それにもかかわらず、ロンに助けを求める者は現れない。看板でも出そうか、と最近は本気で思いはじめている。

退屈を持て余したロンは、戸棚におやつでも入っていないか探すためダイニングへ足を運んだ。しかし間の悪いことに、テレビを見ている良三郎と鉢合わせた。

「おや。山下町一のゴクツブシが起きてきた」

良三郎が汚らわしいものでも見るような目つきをする。

「前は、中華街一って言ってなかった？　格上げしてくれたの？」

「格下げだ。ヒマなら働け」

「一応働いてるじゃん。週に三日」

以前は「武州酒家《ぶしゅうしゅか》」という知り合いの店でホールのアルバイトをしていたが、色々あって店は一時休業中である。そのため、今は近所にある横浜スタジアムで週に三日、警備のアルバイトをしていた。

「そんなもの、働いてるうちに入るか。俺《おれ》が若いころは、一年で休んだのは五日だけ。大晦日《おおみそか》と正月三が日、あと春節《しゅんせつ》。それ以外は三六〇日働いたもんだ」

——出た、出た。

耳にタコができるほど聞かされた昔話である。ロンは戸棚を漁《あさ》りながら、祖父の説教を適当に聞き流した。

「二十年くらい前までは、それが当たり前だったんだ。孝四郎《こうしろう》だって、お客様のために寝る間を惜しんでメニューを開発してた……」

「オヤジと俺は違うから」

ロンはあからさまにむっとした声で応じる。

孝四郎はロンの父親、つまりは良三郎の息子の名である。亡くなったのは十二年前。ロンがまだ九歳のころだった。おぼろげに記憶している父の姿は、ほとんどが厨房《ちゅうぼう》に立つ後ろ姿だった。仕事熱心な人だった、という印象は確かにある。

「なのになんで、孫はこんな怠け者になったのか」

良三郎は大げさに嘆いてみせる。

「怠けてるんじゃなくて仕事がないの」

「仕事って、なんだ？」

「いや、だから……トラブルシューターっていうか」

照れながら言うと、良三郎は「は？」と返した。

「誰がお前にトラブル解決なんか頼むか」

「いやいや、頼んだじゃん。宮本《みやもと》さんの件！」

「あれは、お前が中華街で一番ヒマそうだったからだ。能力を買ったわけじゃない」

「じいさんさぁ……」

どう言い返そうか考えているロンに、良三郎は言い放つ。

「ゴロゴロするなら外に出ろ！　仕事見つかるまで帰ってくるな！」

ロンは逃げるように家を出た。いったんスイッチが入ったら、良三郎は何をしていても怒り続ける。ほとぼりが冷めるまでどこかで時間を潰《つぶ》しておくことにした。

足は勝手に「洋洋飯店《ようようはんてん》」に向かっている。悪友で幼馴染《おさななじ》み、マツこと趙松雄《ジヤオ・ソンシオン》の実家である。フリーターが遊ぶ相手は、フリーターが一番だ。

正面の出入口から入ったが、店はまだ準備中だった。テーブルで餃子《ギョーザ》を作っていたマツの母親は、ロンを見るなり「部屋にいる」とだけ言った。裏の階段で二階に上がってインターホンを押すと、「はい」というマツの声が返ってきた。

「オレオレ、オレだけど」

「……今時、そのセリフ言う詐欺師いるか？」

「どうせゲームやってたんだろ。たまには外の空気吸えよ」

数分後、トレーナーを着たマツが出てきた。柔術道場だけは休まず通っているため、相変わらず体格はいい。

「マツさ、またガタイよくなった？」

「ちょっとだけな。大会近いんだよ」

ロンには幼馴染みがどこを目指しているのかわからないが、とりあえず「頑張れよ」とエールを送った。中華街をぶらぶらと散歩しながら、ロンは良三郎から追い出された顚末《てんまつ》を話した。

「……そういうわけでさ。俺は働いてないんじゃなくて、仕事が来ないんだよ。そこの違い、わかってほしいよな」

マツなら賛同してくれると思ったが、意外にも「いや」という答えが返ってきた。

「普通、じいさんのほうが正論だけどな」

「なんだよ。お前も月に十日しか働いてないだろ」

マツはジムのインストラクターとして働いているが、立場は契約社員である。練習の妨げになるため、正社員になる気はないらしい。

「誰も雇ってくれないなら、自分たちで会社作るか」

「爆弾処理の会社？」

今年の春節前夜、ロンとマツはテロリストが中華街に仕掛けた爆弾を海まで運んだ。おかげで中華街は事なきを得たが、無茶をしすぎたせいで警察には怒られた。

軽口を叩《たた》きながら通りを歩いていると、ふいにロンのスマートフォンが震動した。電話だ。画面には〈菊地《きくち》妃奈子《ひなこ》〉と表示されていた。マツと同じく町内の幼馴染みで、ヒナと呼ばれている。マツに断ってから電話に出ると、ヒナはいきなり「ロンちゃん？」と切り出した。

「今、大丈夫？」

「大丈夫だけど、どうかした？」

電話の向こうから切羽詰まった空気が伝わってくる。

「相談に乗ってほしいことがあって」

待っていたら、本当に相談者が来た。しかも身近なところから。他人の不幸を願っていたような気がして、ほんの少し後ろめたさを感じる。詳しいことはオンライン会議で話したいというヒナのため、いったん帰宅することにした。

「ごめん。帰るわ」

何かを察したらしいマツが「頑張れよ」と言った。「ほどほどに」とロンは応じる。

ただ、ほどほどで止められたことは今のところ、ない。

ロンの自室とヒナがいる部屋は、オンライン会議ツールでつながれていた。ヒナは高校を中退して以来、自宅から出ることができない。いわゆる引きこもりである。日々、異なるペルソナで複数のＳＮＳアカウントを運用する〝ＳＮＳ多重人格〟でもある。一方で優秀な株式トレーダーでもあり、稼ぎはロンやマツよりずっとある。

ディスプレイに映るヒナの顔は真剣だ。整った顔が緊張でこわばっている。

「なに、相談って」

「……ロンちゃんは〝えぐちよ〟って聞いたことある？」

「いや、ない」

「だと思った……えぐちよは、いわゆる美容系インフルエンサー。あ、インフルエンサーはわかる？」

ネットには疎《うと》いロンも、その言葉は聞いたことがある。

「影響力のあるネットの有名人ってことだよな。ＳＮＳとかYouTubeで活動してる」

「まぁ、そんな感じ。えぐちよは四、五年前から活動してるインフルエンサーで、最初はインスタからはじまったんだけど、動画配信者としても成功してる。チャンネル登録者数が七十万人いて、美容系では大物って言ってもいいと思う」

大物の基準はロンにはわからないが、ヒナが言うならそうなのだろう。

「その、えぐちよがどうかした？」

「失踪《しっそう》したっぽいの」

急に話がきな臭くなってきた。

「失踪？　ニュースにでもなってんの？」

ヒナは咳《せき》ばらいをした。心の準備をしているように見える。

「順番に話すね。えぐちよのYouTubeチャンネルは、ずっと週に三回のペースで更新されてた。毎週月、水、土。このペースはかなり律儀に守られてて、どうしても更新できない時は事前に必ず告知があった。それなのに、二か月前にいきなり更新がなくなったの。何の告知もなく。同時にSNSも一切更新されなくなった。視聴者やフォロワーがコメントに書きこんでも、反応なし」

そこでロンは「ごめん」と言った。

「いちいち止めて悪いんだけど。週に三回も動画公開してたのか？」

「うん。別に、それくらいは普通だよ。毎日やってる人もいるし」

「そんなにネタある？」

「どんな動画にするかは人によるけど、えぐちよはコスメのレビューが多かったかな。でもそれだけじゃなくて、ただ雑談するだけの動画もあるし。ムカついたこととか、悲しかったこととか。あと、整形の話」

「どういうこと？」

「たぶん、見たほうが早いよ」

ヒナに促され、ロンは検索窓に「えぐちよ」と入力し、検索してみた。すぐに目当てのYouTubeチャンネルが見つかる。アップロードされた動画を確認すると、数えきれないほどのサムネイルがタイトルとともに表示されていた。

〈【金欠】千円以下のプチプラコスメだけで本気メイク【デパコス顔負け】〉

〈【ASMR】ひたすらクッキー食べるだけの動画〉

〈失恋しました【ガチ】〉

タイトルだけでは内容が予想できないものも多い。オンライン会議につないだまま、ロンは適当な動画を再生してみた。あるコスメブランドの商品をレビューする、というものだった。

再生すると、画面の中央に金髪の女性が現れた。年齢はロンやヒナより少し年上くらいか。見たところメイクはしていない。

「こーん、ばんは。えぐちよです」

再生してすぐ、間髪を容《い》れずに間延びした声が届いた。これがえぐちよなりの、お決まりの挨拶《あいさつ》らしい。はじめにコスメブランドの説明が軽く入り、間を置かずにアイテムの紹介へと移っていく。話しながら、パックやベース、パレットなどを実際に自分の顔で試していく。

途中で動画を止めて、オンライン会議に戻った。ヒナが「どうだった？」と尋ねる。

「なんか、せわしないな」

「やめてよ、おじいちゃんみたいな感想。とにかくその人がえぐちよ」

アップロードされた最新の動画を確認すると、二か月前の日付だった。それ以来、えぐちよのチャンネルは一度も更新されていない。

「確かに更新は止まってるけど、これだけで失踪したとは言えないんじゃないか」

「そうなんだけど、ネットでは噂《うわさ》になってる」

ロンはその存在すら知らなかったが、えぐちよはYouTuber専門のマネジメント事務所に所属しているという。二か月前、更新が急に止まったことを心配したファンからの問い合わせが事務所に殺到し、一部のファンが事務所から「自分たちも連絡が取れない」という返答を受け取ったと言い出したのだ。

「本当か嘘かはわからない。でも、事務所からのメールも流出してるし、信憑性《しんぴょうせい》はそれなりにあると思う」

それが事実なら、人気YouTuberえぐちよは事務所にも連絡を入れずに行方をくらましたことになる。ようやく話の大筋が理解できた。

「それで、ヒナの相談って？」

「……えぐちよの居場所を探し出してほしい」

「なんでヒナが頼むんだよ」

「私もファンだから！」

あまり言いたくなかったのか、ヒナはあからさまにむっとしていた。

「引きこもりのくせに美容系の動画見てるんだ、って思ったよね。引きこもりは引きこもりらしく、メイクもせず、スウェットで一日中過ごしてればいいんでしょ」

「別に思ってないから」

「えぐちよはチャラチャラして見えるけど、すごく努力家なんだよ。メイクだけじゃない。体型維持のエクササイズも欠かさないし、睡眠とか食事も含めて、綺麗でいるために二十四時間気を遣ってる」

ロンは動画のなかのえぐちよを思い出す。首や二の腕が木の枝のように細く、頬はこけていた。健康的かどうかは判断がつかないが、日々努力しているのは間違いなさそうだ。

定期的に話しているロンですら、ヒナがここまで入れ込んでいることは知らなかった。

「一応、確認なんだけど。えぐちよを好きなのはヒナ自身だよな。SNS上の人格じゃなくて」

「そうだよ。厳密には、十九歳女子大生のアカウントもえぐちよを追いかけてるけど」

　ヒナはSNS上で、まったく異なる年齢性別の人格を十数人分、演じ分けている。その理由はロンも知らないが、高校を中退した直後からSNSにのめりこんでいることだけはわかっていた。

「本人にそのつもりがないなら、復活はしなくてもいい。でもせめて、居場所だけは知りたい。ファンはみんな心配してる。もう二か月経《た》つのに、今も動画にはファンのコメントが投稿されてる」

　ロンは最後にアップロードされた動画のコメント欄を覗《のぞ》いてみた。〈無事ですか？〉〈早く帰ってきて〉〈いつまでも待ってます〉といった、ファンと思《おぼ》しきアカウントからの書きこみが続いている。

　その一方、罵声《ばせい》やからかいの言葉も少なくなかった。〈やっとブスの自覚が芽生えたか〉〈目ざわりだから消えてくれて結構〉〈この人だれ？〉など。

　ヒナは整った眉《まゆ》をひそめる。

「えぐちよはアンチ耐性がすごいの。それも尊敬してる理由。でも、万が一、本当に小さな可能性だけど、最悪の事態があったらって考えると……自殺しちゃったインフルエンサーだっているわけだし」

　インフルエンサーには決まって、ファンだけではなくアンチと呼ばれる存在もいる。場合によってはファンの声援がかき消えるほど、アンチの罵倒の声が大きくなることもある。

メンタルに不調をきたすのは無理もない。

「今まで協力してきたんだから、たまには私のお願いも聞いてよ」

「最初から断るつもりないって。ただ……」

ロンには一つだけ、確認しておきたいことがあった。

「そこまで思い入れがあるなら、ヒナも自分で調査済みなんだろう？　俺はネットには疎いし、どう動いていいのか見当がつかない」

「大丈夫。今回、ロンちゃんは私の手足になってくれればいいから」

ヒナは妙に自信に満ちた顔つきだった。

「話を聞いてほしい人の目星はついてる。えぐちよは江《え》の島《しま》在住なんだ。近所のショップとかに知り合いもいるみたいだから、私の代わりに話を聞いてきてほしい」

「住んでる場所まで公開してるのか」

「番地は知らないけどね。ただ、動画からも江の島周辺に住んでるのは間違いなさそう。他にも公開してる情報がある。年齢は二十六歳で、本名は江口《えぐち》千代。ここまでわかってれば、探しようがあると思わない？」

どうやらヒナは調査ではなく、家を出られない自分の代わりに外で動きまわる役目をロンに期待していたらしい。いくらか気が楽になる。遠方ではなく、神奈川県内だということにも安堵《あんど》した。

「まずは江の島で話を聞けばいいんだな」

「うん。ただ、勉強はしていってよね。えぐちよのこと知らないまま話を聞いても、わけわかんないでしょ。今までアップロードされた動画が六百本くらいあるから、できるだけ視聴しておいてね」

ヒナはさらりと、とんでもないことを言う。

「……それって、どれくらい時間かかんの？」

「一本二十分として、二百時間くらいあれば見れるんじゃない」

一日十時間視聴しても二十日かかる。しかもその大半はメイク動画など、ロンには縁のない内容である。依頼を果たすためとは言え、想像するだけでなかなかの苦行だった。

「よろしくね。じゃあ私は早速、えぐちよの知り合いにコンタクトとってみるから」

オンライン会議は終わった。ロンは目頭を揉《も》みほぐす。

——どこから手をつけるか。

考えるまでもなかった。ヒナから連絡があるまで、ロンにできることは一つしかない。えぐちよのYouTubeチャンネルを表示し、最後にアップロードされた動画を再生してみる。

「こーん、ばん、は」

ディスプレイには、インフルエンサーの満面の笑みが映し出されていた。

ヒナから連絡が来たのは一週間後だった。オンライン会議で顔を合わせると、ヒナは開口一番「どうしたの」と言った。

「ロンちゃん、顔色悪いね」

「……ちょうど二百本、見終わった」

ノートパソコンの内蔵カメラに映るロンの顔は土気色で、両目は充血していた。この一週間、空いている時間のほとんどをえぐちよチャンネルの視聴に費やした。幸か不幸か、ヒマだけはある。

「よくそれだけ見たね」

「……まだあと四百本残ってる」

「全部は見なくていいよ。できるだけ、でいいから」

ヒナは賞賛するより、引いていた。

不思議なもので、最初は退屈でしかなかった動画が、いくつも見ているうちに少しずつわかってくる。専門用語が飛び交うメイク動画も理解できるようになっていたし、パーソナルカラーや骨格診断についても学んだ。

加えて、えぐちよ周辺のファンやアンチの言動も見えてきた。

ライブ配信で、スーパーチャット（スパチャ）と呼ばれる課金型のコメント投稿ができることはロンも知っていた。過去のライブ配信を見てみると、数名のファンが高額スパチャを投稿しており、えぐちよはそうした熱心なファンから「女神」と呼ばれていた。

「女神が美しすぎて今日もスパチャがはかどる」

えぐちよも、常連ファンに対してはスパチャを読み上げるだけでなく、コメントを返したりしていた。課金額のうち数割はえぐちよの収入になるため、高額スパチャをくれるファンは大事にしたい、ということなのだろう。

一方、アンチにも常連的存在がいることがわかった。通りすがりにネガティブなコメントを残すアカウントが大半だが、なかには複数の動画に対して執拗《しつよう》に罵倒を書きこむアカウントもあった。

ファンはともかく、アンチのモチベーションはロンには推察できない。そんなことを話すと、ヒナは「粘着するアンチはもはや、一種のファンかもしれないね」と言う。

「アンチはアンチだろ」

「ううん。その対象に依存してるって意味では、熱心なファンと同じだよ。誹謗《ひぼう》中傷することでメンタルを保ってる、一種の中毒。インフルエンサーを叩くことが生きがいになってる人って、もう自分ではやめられないのかもね。今は名誉毀損《きそん》で訴えられることも少なくないのに」

「訴えられるのか」

「ネットも人と人とのコミュニケーションなんだから、当たり前だよ。賠償金が結構高額になるケースも多いんだから。数百万円とか」

考えてみれば、ヒナが言う通りだった。顔や名前が出ないからといって、誹謗中傷の責任を問われないわけではない。

「最後の動画は見た？」

「見た。けど、別に変なところはなかった」

どこかに失踪のヒントがあるかもしれないと思い注意深く観察してみたが、春の流行メイクを紹介する動画で、とりたてて気になる箇所はなかった。しばし近況を話し合ってから本題に入る。

「何人か、えぐちよの知り合いがヒアリングに応じてくれるって。ただし全員、今のえぐちよがどこにいるかは知らないみたいだけど。日程調整も私に任せてほしい」

ヒアリング候補の名簿はロンも受け取っていた。ヒナは常に仕事が早い。今回は自分が依頼者であるだけに、なおさら気合いが入っているようだった。

何を聞けばいい、と尋ねるほど、ロンも他力本願ではなかった。えぐちよがアップロードしてきた動画を参考に、質問項目の目星はつけている。

「はじめに直近でえぐちよと連絡を取った時期、その時の様子を確認する。いいよな？」

「いいと思う」

「普段の様子もチェックする。メンタルとか、金遣いとか。あとは交友関係。友人、恋人、家族、その他もろもろ。何かあった時に頼れそうな相手がいたか、いるとすればその連絡先や住所を聞き出す」

「……さすがだね、本当に〈山下町の名探偵〉っぽくなってきた」

「そのあだ名はやめろ」

「褒めたつもりなんだけど。ま、そこまで考えてるならあとはロンちゃんに任せる」

「なぁ。この件って、捜索願とか出されてんのか？」

「どうだろう……でも、事務所も行方を把握していないんだから、警察には相談してるんじゃないかな」

　ということは、家族や友人にもすでに連絡は行っているだろう。そうした親しい人たちすら、えぐちよの行方を知らないということか。だとすれば、江の島の知り合い程度が有力な情報を持っているとは考えにくい。

　――それでも、やらないよりはマシだ。

　ロンは深く考えるのをやめた。闇雲《やみくも》だろうが、動かなければ進展はない。

「最後に来たのは、いなくなる二週間くらい前だったね」

　晴天下、ロンは片瀬《かたせ》江ノ島駅から徒歩数分のカフェで美容師と向かい合っていた。四十歳前後の痩せ型の男性で、肌は小麦色に焼けている。チェック柄のシャツを肘《ひじ》までまくりあげていた。

「その日はどんな施術を？」

「カットとトリートメントだったはず。一時間半くらいだったかな？」

「えぐちよさん、毛量多いから結構すいたりしてるんですか？」

美容師は「よく知ってるねぇ」と驚いてみせた。

「動画、見てるんで」

「そうだよね、男の人でも美容系の動画見てるもんね……確かにえぐちよは毛量多いのを気にしてて、毎回、割としっかりすいてた。レイヤーも入れてたし」

彼は二年前からえぐちよを担当していたという。

「いつもはどんなこと話してたんですか？」

「撮影してて大変だったこととか、あとアンチのこととか？」

「すみません、もうちょっと具体的に聞けますか」

数秒、美容師は迷っているようだったが「まぁいいか」と言って話しはじめた。

「美容室に来るお客さんって、会社とか家の愚痴を言いたい人が一定数いるんだよね。えぐちよもそのタイプで、彼女の場合はアンチへの不満。こんなコメント書かれた、あんな噂流された、とか。インフルエンサーも人気商売だから、アンチが付くのは人気者の証拠だよって励ました気がする」

「アンチのせいで心の調子を崩したとか、そういうことは？」

「うーん、見ただけじゃわかんなかったな。この場でムカつくことを吐き出して終わり、って感じだった」

ロンは、えぐちよがアンチの誹謗中傷に堪《た》えかねて失踪した可能性を探っていた。有名人である限り、ＳＮＳでの中傷を完全に排除することはできない。不特定多数からの攻撃的なコメントによって心を病んでしまったのではないか、と考えていた。

「他には何か話してませんでしたか」

「なんだっけなぁ……美容整形の話はたまにしてたね。有名になってからは整形も躊躇《ちゅうちょ》してたみたいだけど」

「どうしてですか」

「ほら、術後にダウンタイムが要るでしょ」

ロンは知らなかったが、特に切開や縫合をともなう整形手術の後、腫《は》れや痛みが引くまで数日から数週間かかるという。腫れなどが収まるまでの期間はダウンタイムと呼ばれ、その間は動画の撮影も滞《とどこお》る。

「インフルエンサーは顔が売り物って側面もあるから、腫れたままじゃ出演できないよね。かといって、ダウンタイムが終わるまで待ってたら動画の間隔が空いちゃう。だからもっと直したいけど、いつやろうかって悩んでた」

「整形について話した動画も見ましたけど、すでにかなりやってましたよね」

えぐちよは、美容整形を施してきた過去を公表している。顔のほとんどの部位に何らかの手術をしており、この一年でも目や鼻の整形をしたことを動画内で発表していた。

「さあねえ。それでも本人的には、足りなかったんじゃない？」

美容師が知っているのはそこまでだった。交友関係についてはほとんど聞いたことがなく、今どこにいるかは見当もつかないという。

ロンが礼を言って去ろうとした間際、美容師から「なんでこんなことしてるの？」と尋ねられた。幼馴染みがえぐちよのファンだから、と答えると、顔をしかめた。

「要はいちファンの行動ってこと？」

「そうですね」

「そういうの、あんまり本人も望んでないんじゃないかな」

美容師の顔が引き締まった。

「いや、すごく困ってるみたいだから話は聞いたけど……えぐちよもいきなり姿を消したんだったら、それなりの理由があると思うんだよね。周りに知られたくない理由。家族ならまだしも、ファンがそれを詮索《せんさく》するってのはどうかな」

「わかります」

ロンはあっさりと認めた。美容師も意外だったらしく「え?」と応じる。

「ただの他人ですもんね。勝手にそこまで調べられたらいやだと思います」

「だったら……」

「それでも最悪の可能性を考えたら、やらないわけにはいかないんです」

およそ一年前。ロンの友人の妹が死んだ。自殺として処理されたその死を、友人はひどく悔やんでいた。おそらくは現在も、完全に吹っ切れてはいない。彼女はその後悔を一生背負い続けるのかもしれない。

これ以上、同じ思いをする人間を目にしたくなかった。

「個人的な思いだって言われたら、その通りです。自分勝手ですよね。でもせめて、えぐちよさんの身に何が起こっているのかだけは知りたいんです」

美容師はもう、何も言わなかった。

ロンは会計を済ませて店を後にした。海沿いに出ると、強い風が吹いてきた。浜辺に目をやると、波打ち際にサーファーたちが浮かんでいる。まだ海水浴には寒いが、波乗りにとっては人の少ない時期のほうが好都合なのかもしれない。

そういえば、えぐちよも動画のなかでサーフィンをやっていた。初心者だと自称していたが、それなりに波に乗ることができていた。楽しそうにサーフボードの上に立っていた彼女は、なぜ消えたのか。

ロンは考えることをいったんやめ、次の待ち合わせ場所へ向かった。

テラスから見える海面は、藍《あい》色の空よりわずかに暗かった。

ロンは癒《いや》しを求めてノンアルコールのカクテルに手を伸ばす。炭酸の刺激が思っていたより強く、眉をひそめる。潮をまとった夜風が肌を撫《な》でた。夏はすぐそこまで来ている。

これまで美容師、雑貨店のスタッフ、バーの店主から話を聞いたが、誰もえぐちよの交友関係については知らなかった。行き先の候補すらつかめていない。

最後のヒアリング相手は〝奈々《なな》〟というインフルエンサーである。彼女もえぐちよと同じ、美容系と呼ばれるカテゴリーに属するらしい。YouTubeのチャンネル登録者数は三十万人とえぐちよには劣るが、それでもヒナいわく「普通、そこまではいけない」レベルだという。えぐちよと動画でコラボした経験もあり、ロンも彼女の動画は見ていた。

待ち合わせ場所のダイニングバーに奈々が現れたのは、約束の午後七時を十五分過ぎてからだった。

「すみません、お待たせしましたー」

顔の前で両手を合わせる彼女に、ロンは「大丈夫です」とだけ答えた。カットソーにデニムというラフな服装である。動画でもスリムな体型だと思っていたが、実際に会うと身体の細さは際立っていた。

簡単なプロフィールはすでに確認している。年齢は二十五歳。江の島へ引っ越してきたのは二年前で、それまでは地元の新潟にいたようだ。

「何か、好きなもの頼んでください」

「いいんですかぁ？」

奈々は舌足らずな声で言う。動画で見た通りの話し方だ。

じきに奈々の注文した白ワインが運ばれてきた。ネット上の有名人にしては、初対面の男と酒を飲むのは脇《わき》が甘いようにも思えるが、ヒナがうまく説得したのだろう。「かんぱーい」という明るい声に乗せられ、ロンもグラスを合わせる。奈々の飲みっぷりはなかなか豪快で、二口でグラスを干してしまった。

「ワイン、好きなんですか」

「多少は。人と飲むの久しぶりなんで、ちょっと楽しいかも」

「そうなんですか？」

奈々の配信する動画には、よく江の島の友人や知人が出演する。人と飲むのが久しぶりだと言われると、意外に思えた。

「私の場合、他の人が出演する時ってまとめて撮っちゃうから。それを編集して、いくつかに分けて配信してる感じで。衣装とかメイクとか変えるけど。まとめて人を呼んだほうがコストも時間もかからないし」

そういうものか、としかロンには言えない。

「じゃあそんなに人と会わないんですか」

「全然。メールとウェブ会議でだいたい用は済むし、私の場合は編集も自分でやっちゃうから。撮影より編集のほうが時間かかるから、ほとんど編集マンだよ。他の人に頼んでた時期もあるけど、うまく意図も伝わらなくてやめちゃった」

のっけから、奈々は躊躇なく舞台裏を告白していく。

「今日はえぐちよさんについて聞きたくて……」

「そうだよね。ごめん、テンション上がっちゃった」

そう言いながらも、奈々は追加でポテトやグリルチキンを注文した。支払いはロンが持つ予定である。頼みすぎるなよ、と心のなかで釘《くぎ》を刺した。

話が脇道に逸《そ》れないよう注意しながら、えぐちよと最後に会った日を聞き出す。

「最後の動画がアップされる二日前かな」

奈々はワイングラス片手に答えた。これまで聞いたなかでは、失踪した日に最も近い。

「どういう状況で？」

「えっと。もともと私が江の島に来たのって、えぐちよに誘われたからなんだよね。そろそろ新潟から上京したいって相談したら、江の島に来なよって誘われて。江の島って海くらいしかイメージなかったけど、湘南《しょうなん》にあこがれもあったし、思いきって引っ越すことにした。えぐちよとはこっち来てからも一緒にご飯食べに行ったり、仲良くしてたんだよね。コラボもよくしたし」

奈々の酒を飲む勢いは止まらない。早くもグラスワインは三杯目に入っていた。赤らみはじめた顔で、ロンに「飲まないの？」と尋ねる。

「飲めないんです。これもノンアルで」

「体質ならしょうがないか。どこまで話したっけ……あ、そうそう。江の島に来た時からえぐちよとは仲が良くて、でもこの半年くらいは会う頻度も減っちゃったんだよね」

「何かあったんですか？」

「うーん、明確にこれっていうのはなかったけど。なんとなく、将来とか考えて憂鬱《ゆううつ》になってた印象」

半年ほど前にえぐちよがアップした動画を思い返してみるが、特に変わった様子は見受けられなかった。ロンが素直にそう話すと、奈々は「動画だけでわかるわけないじゃん」と笑った。

「YouTubeに上げる動画で、本気の悩みなんて話す人いないよ。あれはエンタメなんだから。カワイイとか綺麗とか、笑えるとか泣けるとか、そういうエンタメとして消費されるために、私たち動画アップしてるんだよ。だからそれなりに人気も出てるの。全部演出、演技」

るって言ったほうがいい」

「嘘とは違うかな。都合のいいところは百倍に、都合の悪いところは百分の一にして見せるって言ったほうがいい」

奈々は悪びれる様子もなく、ずけずけと物を言う。その姿はたしかに、動画で見せているものとは異なっていた。

「私たちみたいな仕事してる人間が、冷静に将来の心配とかしてたら冷めるでしょ？　私の場合はただ美容が好きで、これで生きていくって決めたから基本的に後悔はないけど、それでも登録者数が伸びない時とか暗くなるもん。年金とか、健康保険料とかの支払いする時に、これあと四十年払い続けられるかなー、みたいな」

「えぐちよさんは、好きなことを仕事にしたんじゃないんですか？」

「そう言えばそうだけど、あの人の場合は事情が違うかな」

新しいフードが運ばれてきた。フライドポテトに溶けたチーズがかかっている。奈々は「おいしそー」と言った後でロンを見た。

「食いすぎ、とか思った？」

「いえ……」

「今日はチートデーにしたからいいの」

奈々はさっきまでの会話を忘れたかのようにポテトを頬張る。話がよく脱線するのは彼女の癖なのだろうか。結局、最後に会った日のことはまだ聞けていない。

「……えぐちよは、整形依存だったからね」

夢中で食べていたかと思うと、奈々は唐突に話を戻した。

「いや、私もやってるよ。二重とシミ取りと、ほうれい線。もちろん脱毛もやってるし。でもあの人の場合は本当に依存だった。顔と身体に一千万以上かけてるって豪語してたからね」

「最近はやってなかったんじゃないですか」

美容師の話では、そう言っていたはずだ。

「人目につく場所は、ね。身体のほうはやってたみたい。胸とかお尻《しり》とか」

「それも本人が？」

「うん。いじってないと不安なんだってさ。どれだけやっても綺麗になったと思えない。どれだけ加工しても完璧になれない。そう言ってた」

ロンの主観だが、動画で見たえぐちよは素直に美人だと思った。だが、〈ブス〉〈顔面崩壊〉などのコメントが書きこまれているのも事実だ。それがただ傷つけたいだけの中傷なのか、本心なのかは不明だった。

「最後に会った時のえぐちよは、かなり疲れてた」

また唐突に、奈々はその日のことを語りだした。

「久しぶりにご飯食べに行って、最近のこと話して、そろそろ解散するかってタイミングで、こう言ってた。この世界は美しいものに優しすぎる、って」

ロンはそのセリフをスマホにメモした。

「どういう意味ですか」

「さあね。でも、それって真実だと思う。少なくとも女にとっては。見た目がいいか悪いかで、世の中の反応が百八十度変わるから。美容にハマる子の何割かは、自分が綺麗になることの気持ちよさより、他人から大事に扱ってもらえることの気持ちよさのせいで病みつきになるんだよ。私も含めて」

　奈々は再び白ワインのおかわりを注文する。

「ただ、どんなに頑張っても努力では手の届かない領域ってあるよね。私がどんなに痩せて整形して、ファッションとメイク勉強しても、ジャージですっぴんの女優には敵《かな》わない。最初から持ってるモノが違う。私はそうなれないって割り切ってるけど、えぐちよは本気でそこにたどりつけると思ってた」

「努力で美人になれる、ってことですか？」

「違う。努力で本物の美人になれる、ってこと」

　グラスを傾けながら、奈々は「わかんないかなぁ」と言った。実際、ロンにはその違いが理解できない。ただ、えぐちよが手の届かない場所に向かって手を伸ばしていたのだろうことはわかった。

「奈々さんは、えぐちよさんの行き先に心当たりないんですか」

「なくはないよ」

あまりにあっさりと答えが返ってきた。

「本当ですか！」

「そんなに驚くことじゃないでしょ。たぶん、事務所とかも薄々知ってるはずだけど」

「でも、行方不明なんですよね？」

「……あえて探してないんだと思う」

眉をひそめるロンを、奈々が呆《あき》れたように見やる。

「みんな、察してると思うよ。えぐちよがなんで消えたのか。本気出せば会いに行くこともできるはずだけど、してないだけなんじゃないかな」

「でも、会いに行かない理由なんてありますか？」

「利用価値がなくなったから」

うってかわって、冷たい声だった。

「誰にも告げずに姿を消すってことは、クリエイターとしてやっていけないってのと同じ。事務所としてはそんな人を探したところで雇えないし、それまで仕事で付き合ってた人も価値がなくなれば離れていく。みんなビジネスなんだよ」

「奈々さんは、友達じゃないんですか」

ロンは真っ向から質問したつもりだったが、奈々は失笑した。

「友達だよ。インフルエンサーのえぐちょ、とはね」

奈々の寂しげな声が、潮のように肌へまとわりつく。

「私たちは幼馴染みでも、学校の同級生でもない。お互い、インフルエンサーの奈々とえぐちょである限りは友達でいられる。でも舞台から降りたなら、もう友達じゃいられない。連れ戻そうとも思わない。それだけ」

そう言って、奈々はチキンをかじる。噛《か》み切られた肉が皿に落ちる。

「私、昔から他の人と会話がうまくできないのがコンプレックスだった。今もそう。集中力ないから、すぐ話題が変わるでしょ？　だから職場でも浮いてたし、いっぱい迷惑かけてた。そんな人間が活躍できる場ってネットくらいしかない。私は自分の居場所を守るので精一杯。他人のことまで気にしてられない」

あけすけに語る奈々を前に、いっそ酒が飲めればいいのに、とロンは思った。まともに毒気をあてられたせいで、心が疲れきっている。酔えるものなら酔いたかった。

「あの、奈々さん」

「何か？」

「俺が言うのもなんですけど、ここまで裏側を明かしちゃっていいんですか？」

思わず、といった感じで奈々が笑った。

「こんなの、序の口だから」

テラスに響く空虚な笑い声は、やがて波の音にかき消された。


ディスプレイに映るヒナが、神妙な顔で頭を下げた。

「お疲れ様でした」

「いいよ、そんなに改まらなくて」

「私が頼んだことだから」

幼馴染みを相手にわざわざ頭を下げるところは、律儀なヒナらしかった。

「収穫は、メールで送った通りなんだけど」

奈々から得た手がかりは、ヒナには共有済みであった。

「ありがとう。悪いけど、またロンちゃんに行ってもらうことになると思う」

「もちろん」

奈々は、えぐちよの居所を知っているかもしれない、という女性を紹介してくれた。その女性はえぐちよの一番弟子を名乗っているという。

名前は〝マチルダ〟。彼女も自称インフルエンサーのようだが、チャンネル登録者数は五千人足らずと、えぐちよや奈々に比べて規模は小さい。

「マチルダさんには昨日メール送って、けさ返ってきた。乗り気ではなさそうだけど、会って話を聞くことはできると思う」

「……そうか」

ロンは奈々が最後に言っていたことを思い出していた。

「えぐちよの現状を知ってどうするの？」

正直に言えば、ロンも同じことを思わないではなかった。

ヒナが言う最悪の事態が迫っていないかを確かめる、という面で、この調査に意味はある。だから立ち止まるつもりはない。だが、調査が終わったその後までは考えが及ばなかった。

「なぁ、いいか」

「ん？　どしたの？」

「えぐちよの現状がわかったとして、ヒナはどうしたい？」

ロンの問いにヒナは沈黙し、視線を手元に落とした。その点はあまり話したくないのだろう、とは思っていた。無理やり聞き出すつもりもない。ただ、可能ならロンも知っておきたかった。

ヒナはディスプレイ越しに、上目遣いでロンを見た。

「もし許されるなら、一つだけ聞きたいことがある」

「なにを？」

「それは言えない」

断固とした口調だった。

「……わかった」

それ以上は追及できなかった。この件に関して、ロンはあくまでヒナの手足の代わりだ。すべてを共有すべきだとは思わない。ヒナは言えないことを詫《わ》びるように、「ロンちゃんには感謝してる」と言った。

「だからいいって、そんなこと言わなくて」

「この件だけじゃない。私みたいな人間のこと、気にかけてくれて」

「そういう言い方やめろよ」

つい、口調が怒気をはらんでしまった。ヒナの顔に、わずかに怯《おび》えが浮かぶ。

「そうだよね。ごめん」

「だからさ……」

謝るなよ、という言葉をロンは飲みこむ。

ヒナは日によって気分に浮き沈みがある。安定している時は強気に出たり、冗談を飛ばしたりするが、調子が悪いとすぐに自分を責め、謝罪を口にする。こうなったのは自宅に引きこもるようになってからだ。それまではこんなに卑屈ではなかった。

高校を中退したのは、一年の冬だった。その当時、彼女の身に何が起こっていたのか、ロンはほとんど知らない。

ヒナとは保育園からの関係だが、別々の高校に通うようになってから顔を合わせる頻度はぐっと減っていた。お世辞にも賢いとは言えない高校だったロンやマツと違い、ヒナは偏差値の高い私立に通っていた。それに同じ山下町内に住んでいるといっても、彼女の自宅があるのは高層マンションの一室だ。中華街の住民であれば噂が耳に入ってくるが、それもなかった。

異変に気付いたのは、中退してしばらく経った年明けだった。そのころにはもう自宅から出られなくなっていた。

以来、ロンは定期的にオンラインで顔を合わせているが、当時の事情を聞いたことは一度もない。

気まずい空気をかき消そうとするように、ヒナが「とにかく」と言う。

「ロンちゃんには感謝してる。だからもう少し、付き合ってほしい」

当然、ロンは最後まで付き合うつもりだった。その裏にあるヒナの真意からは、目をそむけたまま。

マチルダが指定したのは都内の児童公園だった。

平日の午後、園内には何組かの親子連れがいる。ロンは場の空気にそぐわないことを承知のうえで、ベンチに座ってぼうっと待つほかなかった。五月の陽気に眠気を誘われ、ロンはうたた寝しかけていた。

やがて、視界の隅に髪を赤く染めた女性が現れた。ノースリーブにショートパンツという出《い》で立《た》ちは園内で浮いている。ロンは立ち上がり、近づいてくる彼女に声をかけた。

「マチルダさんですね？」

こわばった面持ちの女性は「はい」と応じた。動画では元気さを持ち味としているマチルダだが、緊張のせいか所作が固い。

並んでベンチに座り、ロンは手短に経緯を説明した。

「……つまり、小柳さんはえぐちよさんのファンなんですか？」

「まあ、そうです」

「えぐちよさんは、たぶん会ってくれないと思いますよ」

妙に力強い口ぶりである。その断言ぶりが、ロンには気にかかった。

「失礼ですけど、マチルダさんはどういう関係で？」

「えぐちよさんの弟子っていうか……もともとはファンだったんです、私も。イベントとか通ってるうちに、自分でも配信してみたくなって。でもノウハウもないから、スタッフにしてくれ、ってえぐちよさんに突撃したんです。それが三年前」

「あの、年齢って」

「二十歳《はたち》です」

ロンと同じだ。彼女は十七歳で名乗りを挙げたことになる。

「二年くらい無償でスタッフとして働いて、そのころに奈々さんとも知り合いました。自分でも配信するようになったのは一年前。まだ全然ですけど」

マチルダは苦笑する。

「もしかして、えぐちよさんの居場所を知ってるんですか？」

「連絡先なら。でも、さっきも言いましたけど会えないですよ。昔から知ってる私でも、会ってもらえないですから」

どこか含みのある言い方だった。彼女なりに思うところがあるらしい。

「えぐちよさんと最後に会ったのは？」

「最後の動画がアップされた日に」

マチルダは、姿を消す直前のえぐちよに会っている。

「じゃあ、突然えぐちよさんがいなくなった理由も知っていますか」

「……だいたいは」

「教えてください」

核心に近づいている感触があった。マチルダは足元の小石をパンプスの爪先《つまさき》で蹴《け》っていたが、やがて「……たんですよ」とかすれた声で言った。

「えっ、なんですか?」

「ルッキズムから降りたんですよ」

そうつぶやくマチルダは、驚くほど冷たい表情だった。その顔つきは、利用価値がなくなったから、と言った時の奈々とよく似ていた。

「インフルエンサーって、露出がすべてなんです。動画やSNSで見える姿がすべて。そこでどれだけ面白いとかカッコいいって思ってもらえるか。えぐちよさんの場合は美しさが売りだった。それは、世の中がルッキズムで動いているから有効なんです」

ルッキズム。外見至上主義。

そういう言葉は、ロンにも聞き覚えがあった。

「結局、見た目なんですよ。見た目がいいだけで、注目されて、褒められて、お金が集まる。世間はそうなんだってことを、えぐちよさんはよく知ってたんです。だから動画でも何十万人の女性に、『こうすれば綺麗になれる』『私のように生きれば得ができる』って言ってきた。自分も綺麗になるための努力を惜しまなかった。でも……」

わずかに言い淀《よど》んだが、マチルダは続けた。

「限界があるじゃないですか。えぐちよさんは美人だけど、美人には上がいる。その基準だけで戦ってる限り、どんなに整形しても絶対に勝てない相手がいるんですよ。えぐちよさんは、ようやくそのことに気付いたんだと思います。ルッキズムが支配する世界では、自分は死ぬまで一番になれない」

「それまでは一番になるつもりだったってことですか？」

「そう。でも、それができないことがわかっちゃって、心が折れた。だから降りたんですよ、ルッキズムから。最後に会った日、えぐちよさんが言ってたんです。どうやら私は本物の美人にはなれないみたい、って」

　まただ。奈々も言っていた。美人と本物の美人は違うのだと。

「でも、えぐちよさんの弟子なんですよね？」

「それにしては辛辣《しんらつ》すぎるって言いたいんですか？」

「ええ、まあ」

「弟子だからこそですよ」

　長い睫毛《まつげ》を伏せたマチルダは、寂しさを隠そうともしない。

「私は、がむしゃらに美を追い求めているえぐちよさんが好きだった。星には絶対手が届かないけど、それでも手を伸ばしている姿って素敵じゃないですか。ファンのみんなもそういうえぐちよさんを応援してたと思う。だから、正気に戻っちゃったえぐちよさんには幻滅しちゃいました」

　最後の一言は、突き放すようだった。

「連絡先は知りたければ教えます。あとは好きにしてください」

マチルダはベンチを立とうとした。だが、ロンは「待って」と引き留める。

「まだなにか？」

「マチルダさんは、どうなんですか」

「は？」

「本物の美人ってやつを、目指してるんですか。えぐちよさんに理想を押し付けて、勝手に失望してるだけなんじゃないですか」

喧嘩《けんか》を売るつもりはなかったが、言わずにはいられなかった。弟子を名乗っているくせに、本心では敬意のかけらもない。そういうところが見透かされているから、えぐちよは居場所を教えてくれないのではないか。

マチルダはあからさまにむっとして、「一般の人にはわかりません」と言った。

「一般の人って、俺のことですか」

「他にいないでしょ」

「フォロワー五千人未満のインフルエンサーって、一般人と何が違うんですか」

「うるさい！」

さすがに、マチルダは本気で怒った。親子連れが驚いた顔で振り向く。

「こっちの大変さも知らないくせに！　消えろ！」

好きなだけ喚《わめ》き散らして、マチルダは大股《おおまた》で去っていった。怒らせてしまったが、連絡先は後で教えてくれるだろうか。ヒナには謝っておくか、と淡々と思う。ダメなら別の誰かに当たることにしよう。ああいう、言ってはいけないことを言ってしまうところが、ネジが一本外れている、と称される理由なのだろう。

まだこちらをちらちらと見てくる親子に、ロンは会釈を返した。痴話喧嘩とでも思われただろうか。

――ルッキズムから降りたんですよ。

耳の奥では、マチルダの冷たい声がこだましていた。

六月上旬。ロンは神奈川県西部、足柄上郡松田町《あしがらかみぐんまつだまち》にいた。

JR松田駅で降車し、地図アプリでとあるミカン農家までの道のりを調べる。徒歩でおよそ四十分。バスはない。幸い、天気には恵まれている。スニーカーの紐《ひも》を結び直したロンは、目的地を目指して歩き出した。

児童公園で会った後、マチルダはえぐちよのメールアドレスを教えてくれた。とはいえ、ヒナに言わせれば「怒ってて大変だった」らしいが。なんとかなだめすかし、聞き出すことに成功したという。ロンとしては、逆鱗《げきりん》に触れた点は謝るしかなかった。

連絡先を手に入れたヒナは、えぐちよに面会を申し込むことにした。

「マチルダは、たぶん会ってくれないだろうって言ってたけど」

「ダメ元でもいい。お願いしてみる」

ヒナも、実現の望みは薄いとわかっていた。これで無理なら諦《あきら》める。あえて言葉にはしなかったが、そう考えていたことはロンにもわかった。

だが、えぐちよは面会を承諾した。

ヒナがどんなメールを送ったのかはわからない。熱意が伝わったのかもしれないし、ただの気まぐれかもしれない。ただし、面会には条件があった。オンライン会議で、ヒナはため息を吐《つ》いた。

「オンラインや電話は不可で、対面のみ。必ず指定の場所まで来ること、だって」

「それじゃ……」

「私は行けない」

自宅から出られない以上、ヒナはえぐちよとは会えない。だが彼女の顔に悲愴《ひそう》感はなかった。

「最後の最後まで悪いけど、代理でロンちゃんに行ってほしい」

「いいのか、俺で」

「いいの。聞きたいことは書いて託すから」

松田駅からミカン農家を目指して歩くロンのリュックサックには、ヒナから預かった手紙が入っている。この手紙をえぐちよに手渡すため、一時間以上かけて松田町まで来たのだった。

一戸建てや商店が目立つ駅周辺を離れると、次第に建物が少なくなってくる。舗装された車道を、山側へ向かって歩く。新緑の木々に見守られながら、ロンは上り坂をひたすら前進した。

背中や首筋に汗がにじみ、少しずつ息が上がってきた。普段の運動不足を思い知らされる。行程の半分ほど歩いたところで、地図アプリは車道の脇にある細い道を示した。笹藪《ささやぶ》に埋もれるように、小型トラクターがやっと通れるくらいの細い道があった。

――本当に、これで合ってんのか？

ロンは息を切らしながら、さらに坂道を上っていく。車の影どころか通行人ひとりいない。シャツの袖《そで》をまくり上げ、手で顔を扇《あお》ぎながら進む。もはや、ちょっとしたハイキングだった。

二か月前まで江の島にいた人気インフルエンサーが、本当にこんな場所にいるのか。ロンはまだ半信半疑だった。からかわれているんじゃないか、とすら疑っていた。

坂道を上ること、およそ二十分。

長い笹藪を抜けると、突然、目の前に濃緑色の畑が出現した。ミカンの木々は青々とした葉を茂らせている。ロンの鼻にむせかえるような緑の匂《にお》いが入り込んでくる。初夏の日差しを浴びたミカン畑が、見渡す限り広がっていた。

畑の隅には、プレハブ小屋が併設された平屋の建物がある。ちょうど、その小屋から一人の女性が出てくるところだった。髪は耳の下で切りそろえ、汚れたタオルを首にかけている。灰色の長袖Tシャツに太いシルエットのズボン。軍手をはめた手で、プラスチックのカゴを持っていた。農家然とした風貌《ふうぼう》は畑の風景に溶け込んでいる。

視線が合ったロンは、その女性の正体を知っていた。

「江口さんですね」

本名で呼びかけると、彼女は目を見開いて「そうですけど」と応じた。ロンは手のひらで汗をぬぐい、呼吸を整える。

「小柳といいます。メールで連絡させてもらった、菊地妃奈子の代理です」

「ああ……少し待ってもらえますか」

えぐちよこと江口千代は、プレハブ小屋に引っこんでカゴを片付けると、再び出てきた。

「こっちへ」と言い、隣の平屋へと歩き出す。ロンは導かれるまま、後ろをついていった。

平屋の内部は住居のようだった。泥まみれの長靴が置かれた玄関で靴を脱ぎ、板敷きの廊下に上がる。江口はダイニングらしき一室にロンを招き、椅子《いす》に座らせた。テーブルの上には新聞やリモコン、領収書の類《たぐい》が散乱している。

「散らかっててすみません」

江口はテーブルを適当に片付け、冷蔵庫から麦茶を出してグラスに注いだ。ロンの分と、自分の分。ロンは渡されたグラスに口をつける。喉《のど》を滑り落ちていく冷たい麦茶が、疲れた身体に心地よかった。

ロンのはす向かいに腰を下ろした江口は、一息でグラスを干した。

「どう思った？」

「はい？」

「ついこの間までメイク動画を配信してた女が、ミカン畑で農作業してるの見て、どう思った？　都落ち、って感じ？」

皮肉っぽい笑みを浮かべた江口は〝えぐちよ〟だったころより、肉付きがよくなっているようだった。今でも細身ではあるが、頬や顎《あご》がふっくらとしている。腕も以前のような、木の枝に似た印象はない。

「様になってると思います」

「そう。だったらうれしい」

江口は自分で二杯目の麦茶を注いで、ボトルをテーブルに置いた。

「それで？　小柳さんは何しに来たの？」

「本人が自宅から出られないので、手紙を預かってきました」

「それだけのために、わざわざ？」

「いや、俺も江口さんと会いたかったんで」

　嘘ではない。ヒナの依頼でえぐちよの知人たちから話を聞いているうち、彼女への興味が湧《わ》いていたのは事実だった。ロンは預かっていた手紙を江口に手渡す。模様も装飾もない、地味な封筒だった。

「読んでいいの？」

「どうぞ。何が書いてあるか、俺は知らないですけど」

　江口は封筒から便箋《びんせん》を取り出し、しばし読みふけっていた。手持ちぶさたになったロンは、さりげなくダイニングを観察する。男物の衣類が脱ぎ捨てられていた。男性と一緒に住んでいるのだろうか。

「……読んだよ」

　しばらくして、江口が顔を上げた。

「そのうち返事を書くから、待っててほしいってこの子に伝えておいて」

「ありがとうございます」

　一応、これでメッセンジャーの仕事は終わりだ。だがロン個人として聞きたいことは残っている。

「江口さんはいつからここにいるんですか」

「なに、ネットにでも垂れ流すつもり？」

「口外は絶対にしません。もし答えたくないなら、答えなくてもいいです」

それはロンの本心だったが、江口はまだ疑わしそうな顔をしていた。

「もう、誰かに評価されたり、理想を押し付けられるのはうんざりなの」

三白眼でロンをにらむその顔からは、「こーん、ばん、は」と挨拶していたころの軽快さは消え去っている。

「インタビューや取材を受けるつもりはないし、ネットも一切見てない。メール以外ではパソコンにも触ってない。事務所も友達も私に興味を失ってる。このままファンもアンチも、私のことを忘れてほしい」

「勘違いしないでください。ただ、俺が聞きたいから聞いてるんです。誰もが江口さんのことを晒《さら》そうとしてるわけじゃない」

「あなたの……小柳さんの趣味で聞いてるってこと？」

「そうです。いやなら結構です」

「……あ、そう」

見返す江口の視線からは、少しだが鋭さが消えていた。

ダイニングには大きな窓が備え付けられていた。擦りガラスの向こうでは、ぼやけた木々の影が揺れている。吹き抜ける風が枝葉を擦《こす》る。その音を聞きながら、ロンは江口の答えを待つ。

「……最初から、有名になるつもりなんてなかった」

テーブルに載ったザルに、緑色の果実が盛られていた。江口はその一つを手に取り、慈しむように撫でた。

「私はずっと、綺麗になりたかっただけ。もともとインフルエンサーになるつもりもなかった。ただ、美人になるためにはお金も時間もいる。ちまちまアルバイトなんかしてたら、一生かかっても理想の姿になれない。高校卒業して水商売をはじめたけど、大変すぎてすぐにやめちゃった。そのころ、遊びでアップしたメイク動画がたまたまバズった。本当に偶然。でも、それがきっかけで配信者になった」

江口はロンではなく、まるで手のなかの果実に話しかけているようだった。

「最初の一年くらいは稼げなかったけど、何度かバズってからはコツをつかんだ。登録者数は二十万人いくまでが大変で、そこから先はやればやるだけ増えてった。コラボしたり、日常を撮影してネタが尽きるのを防いだ。でもね、私は有名になりたいなんて思ったことない。ただ、お金と自由になる時間がほしかっただけ。そのためにはファンが多ければ多いほどいい」

あんなにいくとは思わなかったけど、と江口は笑った。

「でも、ある時にわかっちゃった。どんなにお金と時間があっても、私はせいぜい中の上のルックスにしかなれない。さんざんやってきて、限界が見えたってこと。そう思うと急に何もしたくなくなった。全部面倒くさくなって、誰にも言わずに逃げた」

マチルダのセリフを借りるなら、星に手が届かないことに気が付いてしまった、ということになろうか。

ロンは奇妙な感覚を味わっていた。奈々も、マチルダも、江口も、まったくの別人のはずなのに、常に一人の女性と話しているような気がした。彼女たちの外見も性格も、それぞれ違っている。それにもかかわらず既視感を覚えるのは、根底に同じ信条が横たわっているせいだろうか。

「なんで、綺麗になりたかったんですか」

「愚問だね」

江口は鼻で笑った。

「この世界は美しいものに優しすぎる。綺麗になればなるほど、みんなが認めてくれる。幸せになれる。女ならみんな、それを本能的に知ってる。だから綺麗になろうとするし、私のチャンネルに視聴者が集まる」

それが自然の摂理《せつり》だ、とでも言いたげだった。

「そういう世の中がいやで、ルッキズムから降りたんですか」

江口は横目でロンを見た。

「……誰かの受け売り？」

「マチルダさんが言っていました」

「ああ。連絡来たけど放置しちゃってたな。あの子も私のことなんか忘れて、自分で頑張ったほうがいいんだけどね」

「一番弟子らしいですね」

「まだそんなこと言ってるんだ？　こっちはいいようにタダ働きさせて、こき使っただけなのに。世間知らずっていうか、バカ正直っていうか……」

嘲《あざけ》るような言いようとは裏腹に、江口の横顔は悲しげだった。

「その指摘はだいたい正しい。私はたしかに、ルッキズムから脱したくてインフルエンサーをやめた。でもね、この世のどこに逃げても、ルッキズムから完全に降りるなんて無理なんだよ。だから、できるだけって条件付きね」

YouTube の動画では見たことがないほど、その声音は疲れきっている。

ロンは二十六歳の江口千代が経験してきた、長い長い戦いを想像した。きっと彼女は、あらゆる場面で容姿を基準に判断されてきた。そしてその積み重ねが、美しさへの欲求を掻《か》き立てた。

たぶん奈々も、マチルダも、ヒナも、程度の違いはあれ同じ経験をしている。

「踏みこんだこと聞きますけど、男の人と住んでるんですか？」

「まあね」

「本当に踏みこんでくるね……男の人は家主で、私はただの居候。無理やり押しかけて、部屋を貸してもらってるの」

「恋人ですか？」

江の島から衝動的に逃げ出した江口は、「とにかく東京から遠いほうへ」逃げたという。横浜からJRで西を目指し、終点の国府津《こうづ》駅でさらに御殿場《ごてんば》線へと乗り換えた。そうして行き着いたのが、松田町だったという。

「のどかだなぁと思って、ふらっと降りたの。何も考えずに。駅前でミカン農家があるって聞いて、農業だったら人と接する機会も少なそうだと思った。何軒か回って、住みこみで仕事させてくれる農家がここだった」

要は、行き当たりばったりだったということである。危険な目に遭《あ》わなかったのはただの幸運に過ぎない。

「これからも、ずっと農家にいるつもりですか」

「わかんない。でも、とにかく人とは会いたくない……もういいかな？」

投げやりに言うと、江口は青い果実をザルに戻した。それが終了の合図だった。

礼を言ってミカン畑を後にする。今度こそ、用は済んだ。松田駅へと戻る長い坂を下りながら、ロンは〝えぐちよ〟がもうこの世にいないという事実を噛みしめていた。

＊

最初から返事は期待していなかった。

あのえぐちよに手紙を渡すことができた自分なら、新しい一歩を踏み出すことだってできる。きっと大丈夫。そう思うための儀式だった。そもそも、えぐちよが失踪しなければ手紙を出すこともなかった。行方がわからなくなって初めて、この人に相談したい、と思えた。

だから、ロンちゃんが松田町を訪れてから一週間後、我が家に江口千代からの手紙が送られてきたことには、心の底から驚いた。母親から受け取った無機質な封筒には、折りたたまれた便箋が一枚入っていた。

〈菊地妃奈子様〉

手紙は直筆だった。ボールペンで綴《つづ》られた丸っこい字を見て手が震えた。本文に目を通す前に、深呼吸をする。鼓動が落ち着くのを待つ。

えぐちよへの手紙には、直面する悩みを赤裸々に書いた。

私には秘密があります。

悩みに悩んで選んだ、最初の一文だった。秘密の内容は具体的には記さなかった。秘密は家族以外には何年も明かしていないこと。その秘密のせいで自宅からは一歩も出られないこと。どうにか現状を変えたいと思っていること。そんな文章をつらつらと書いた。

どんなに推敲《すいこう》しても文面はまとまらなかった。しょうがないから、乱文を承知で手紙をロンちゃんに託した。たぶん、ロンちゃんは手紙を盗み見するような真似《まね》はしていない。そういう性格だ。

呼吸を整え、息を呑《の》んで、えぐちよからの返信を読む。

〈お手紙ありがとうございます。私はもう、ネットとは一切関わりがないです。だからこれはインフルエンサーのえぐちよじゃなくて、江口千代という一人の人間からの手紙だと思ってください〉

わかってる。返事をくれたのは、元えぐちよの江口千代。それでいい。

〈あなたの秘密は、外見に関することなのですね〉

はっきりと書かなかったが、江口千代は手紙の背景にあるものを読み取ったようだった。

〈この世界では、美しいものや人が高く評価されます。それは一個人では変えようがない事実です。でも裏を返せば、あなたにとって本当に大事な人を見つけるためには効果的な仕組みともいえます。大半の人は、残念ながらあなたを外見で評価するでしょう。しかしごく一部の人は、外見以外の部分に目を向けてくれる。ルッキズムに満ちた世の中は、誰があなたにとって本当に大事な人かを教えてくれるはずです〉

便箋をつかむ指先に力が入る。

〈人と会ったり話したりするのは、しんどいし辛《つら》いことばっかりです。でもごくたまに、手を差し伸べてくれる人がいると、生きててよかったと思います。あなたの人生がこれからいい方向に転がりますように。

江口千代〉

顎から落ちた涙の雫《しずく》が、便箋を濡《ぬ》らした。あわてて手紙をデスクに置いて、目の縁を拭《ぬぐ》う。やっぱりこの人は、インフルエンサーになるべくしてなったんだと確信する。この世は見た目がすべてだと言ってるけれど、そうじゃないことを彼女は自分で証明している。人を引き付ける人には、それなりの理由がある。

もう迷いはない、と言えば嘘になる。明日や明後日《あさって》、みんなに秘密を打ち明けようとは思わない。もう少し時間がほしい。

けれどきっと、その日は近い。

開きっぱなしにしたノートパソコンに視線をやる。黒いディスプレイにぼんやりと、上半身の影が映っている。

私がこの世で一番嫌いな女、菊地妃奈子の影が。

2. 飛べない雛

〈菊地妃奈子は犯罪者である〉

ツイッターにその一文が投稿されたのは、七月なかばのことだった。アカウントはこの投稿のためにつくられた捨てアカウント、いわゆる捨てアカとみられた。ニックネームやプロフィールも、同じ文章で統一されていた。

このアカウントは二、三日のうちに、数百もの利用者をフォローした。どのように調べたのか、その大半が菊地妃奈子と同じ高校の出身者であった。フォローされた利用者の大半は無視したが、ごく一部の利用者はこの投稿をリツイート——つまりは拡散した。

〈懐かしい名前〉

〈あったな、そんなこと〉

〈けっこう美人だった〉

そんなコメントとともに、告発めいた投稿は徐々に多くの利用者の目に触れることとなった。菊地妃奈子を知らない利用者のなかには、〈有名人？〉と疑問を投げかける者もおり、おせっかいな誰《だれ》かがそれに返信することもあった。

〈彼女は一般人ですよ。私は高校の同級生でしたけど、一年で中退しました。DMくれたら詳しいことをお話しします〉

投稿から五日が経過するころには、一万人を超える利用者の目に触れた。ちょっとした騒ぎになったことを知った誰かが、人目を引きたいがためにこんな投稿をした。

〈菊地って、今でもカラダ売ってんのかな〉

さすがに軽率な発言だったと気が付いたのか、三時間後、投稿は削除された。

＊

その朝、ロンはスマホから鳴り響く着信音で目が覚めた。

土曜、午前七時過ぎ。前夜、二時までサブスクサービスで映画を見ていたロンには早すぎる起床アラームだった。無視してしまおうかと思いしばらく様子を見たが、何度も電話がかかってくる。

「わかったよ……」

仕方なく、ロンはスマホに手を伸ばした。画面には〈凪《なぎ》〉と表示されている。

凪というのは、フィメールラッパーとしての名前である。本名は、山県《やまがた》あずさ。ロンやマツとは高校の同級生である。在学中はほとんど交流がなかったが、昨年、凪の妹の死について調べたことがきっかけで親しくなった。

彼女から電話が来ること自体、そう頻繁にあることではない。

「はい、はい。なんでしょう」

「ツイッターのあれ、なに？」

凪は第一声から困惑していた。ロンには見当がつかない。

「なにって、なに？」

「だから。ヒナちゃんに関する投稿」

「何のことかわからないんだけど」

一応、ツイッターがどんなサービスかは知っている。140字までの短文を投稿するSNSだ。だがロンはSNSの類《たぐい》を一切やっていない。これまでの調査で多少は触ったこともあるし、自分のアカウントも作っていたが、一度も投稿していなかった。

「全然知らないの？」

「全然」

凪はしばし戸惑っていたが、ロンが本当に知らないとわかると「いくらなんでも、うとすぎるでしょ」と呆《あき》れた。二十歳《はたち》前後の男がツイッターをやっていない、ということに驚きを隠せないようである。

「マツも知らない？」

「どうだろ。この間まで大会だったから、あんまりSNSとか見てないかも。ていうか、何の話？」

「……わかった。教えてあげる。でも落ち着いて聞いてよ。とりあえずツイッター開いてくれる？」

ロンは通話をスピーカーに切り替え、ノートパソコンを開いた。スマホで通話しながら慣れない操作をするのが心もとなかったせいだ。どうにかパスワードを思い出し、久しぶりにログインする。

「開いた」

「じゃあ、菊地妃奈子、で投稿を検索して」

「は？　ヒナの本名で？」

「いいから。やって」

わけがわからないまま、ロンは検索窓にヒナの氏名を入力した。エンターキーを押すと、〈話題のツイート〉として、一番上にある投稿が表示された。

〈菊地妃奈子は犯罪者である〉

「……なんだ、これ」

　それは異様な投稿だった。アカウント名も、アカウントのプロフィールさえも同じ文章である。プロフィール画像は設定されていない。投稿されたのは一週間前の午後十一時台。ロンはディスプレイを見つめたまま、何も言うことができなかった。

「私もさっき気付いてびっくりした。私たちってヒナちゃんと高校別じゃん？　そっちのコミュニティにほとんど知り合いいないし……たまたま、クルーの友達に出身者がいて、そいつがリツイートしたからわかったんだけど」

　凪の言葉が右から左へ抜けていく。うまく頭のなかで意味をなしてくれない。

「こんなもん、イタズラだ」

　そう口にするのが精一杯だった。凪は「そうだよね」と言う。

「ヒナちゃんが犯罪者なわけないもんね。タチの悪い誹《ひ》謗《ぼう》中傷だよね」

「当たり前だ」

「でもさ……疑うわけじゃないけど」

　凪の口調が探るようなものになる。

「ヒナちゃんが、その……売春してたって匂《にお》わせるような投稿もあって。いや、本心から思ってるわけじゃないよ。ただ、高校中退したことと関係あるのかも……」

口ごもる凪を、ロンは鼻で笑う。

「デマだろ。ヒナが売春なんてありえない」

「もちろんそうだと思うけど、でも、だったらなんで……」

「デマだって言ってんだろ」

ヒナが犯罪なんて、あり得ない。それも売春。想像すらできない取り合わせだった。まだ、機密情報に不正アクセスしたとか、SNSで誹謗中傷したというほうがイメージできる。たとえ本人から聞いたとしても、ロンには受け入れられなかった。

しんと静まった部屋に、凪の「わかってる」という力強い声が響いた。

「わかってるよ、私も。ヒナちゃんはそんなことしてないって信じてる。でもさ。事実かどうかは別として、私が心配してるのは、ヒナちゃん本人がこの投稿を見てるんじゃないかってこと」

投稿からすでに一週間過ぎている。毎日欠かさず複数のアカウントを動かしているヒナが、自分の氏名が入った投稿をまだ目にしていないとは、たしかに考えにくい。

「この一週間、ヒナちゃんと連絡とった？」

「いや……」

今度はロンが口ごもる番だった。

インフルエンサーえぐちよ、もとい江口千代の行方を捜索したのがおよそひと月前。ヒナとはそれ以来、一度も話していない。最後にオンライン会議をしたのは六月。

「幼馴染《おさななじ》みなんだよね？」

「まあ……でも、毎週会ってるわけじゃないし」

「あんたもうちょっとさ、ヒナちゃんの気持ちとか考えてあげられない？」

「どういう意味？」

問い返したロンに、凪が「ああ、もう」と焦《じ》れったそうに言う。

「豚に真珠っていうのかな、いや違うか……」

「何が」

「ヒナちゃんはロンを頼りにしてるんだよ。この投稿のことも、私よりロンが連絡したほうがいいと思う。悔しいけど」

凪は飲み会の席で、リモート参加したヒナにしつこく連絡先を聞いていた。好意があるのは明らかだ。それでも、ヒナの様子を確認するのはロンの役目だという。

「わかった。俺《おれ》から、デマだから気にするなって言っておく」

「……それでいい。いいけど、さ」

「なんだよ？」

凪はまだ、言い足りないことがあるようだった。

「なんかおかしいんだよね」

「はっきり言えよ」

「はっきり言えないから、困ってる。いい？　この投稿には、〈菊地妃奈子は犯罪者である〉としか書いてない。それなのに、元同級生が売春とか言い出すってことは、高校時代から同じ噂《うわさ》が立っていたんじゃない？　それって、ヒナちゃんが中退したことと関係あると思わない？」

凪の推測は筋が通っている。だが、ロンには語れることがなかった。

「……悪い。高校の時のことは知らない」

「責めてるんじゃない。ただ、否定して済む問題じゃないような気がする」

「しかし、なんでこいつは今さらこんなこと投稿したんだろうな？」

「それも含めて、一筋縄ではいかない感じがする。気をつけてよ。ヒナちゃんが一番頼りにしてるのは、あんたなんだから」

凪からの忠告で通話は終わった。

とにかく、ヒナの状況を確認するのが先決だ。デマであろうと、ＳＮＳで不名誉な情報を拡散されたのだ。傷ついているのは間違いない。ロンはヒナの番号を呼び出し、電話をかけた。

だが、ヒナは一向に出ない。

しばらくコール音が鳴ると、留守番電話サービスに接続されてしまう。再度、かける。

コール音が続き、留守番電話サービスにつながる。その繰り返しであった。ロンからの電話にヒナが出なかったことは、ほとんどない。

焦りが募っていくのを自覚していた。すがりつくように、何度も何度もヒナの番号を指先でタップする。だが、聞きなれた声は流れてこない。

考えられる、あらゆる手段でヒナに連絡した。あまり使っていないメッセージアプリ、電話番号経由のショートメール、ツイッターのDM。そのすべてで、「これ見たらすぐに電話くれ」と伝えた。しかし十分待っても、二十分待っても、応答はない。

――これは本当にヤバいかもしれない。

ロンは、事態のまずさを肌で感じた。用事があって電話に出られないだけだ、という楽観視はできなかった。言葉ではうまく表現できないが、長年の付き合いであるロンだからこそ感じられる、不穏な気配が漂っていた。

このままでは埒《らち》が明かない。ロンはマツの番号にかけた。しばらく呼び出すと、マツが眠たげな声で出た。

「なんだよ、まだ八時……」

「家だな。今からそっちに行く」

自宅にいることさえ確認できればいい。ロンは通話を切り、部屋を飛び出した。

午前十時。「洋洋飯店」は開店準備中である。

厨房《ちゅうぼう》ではマツの父親が、店舗ではマツの母親が、それぞれランチ営業に向けた仕込みをやっている。土曜は書き入れ時だ。いつもなら息子のマツも手伝いに駆り出されるところだが、今日は事情がある。

店の片隅のテーブル席には、ロンとマツ、それに駆け付けたばかりの凪がいた。当初はマツの部屋に集まる予定だったが、あまりに散らかっているので急遽店の一角を借りることにした。凪は紺色のボウリングシャツに、真っ赤なデニムという出《い》で立《た》ちだった。一方、ロンはスウェット、マツはジャージである。要は寝間着のままであった。

「あんたたち、一切心当たりない？」

いらだたしげに問い詰める凪を前に、マツは首を横に振る。

「頼りないな。それでも幼馴染み？」

「高校上がってからは、ほとんど顔合わせてなかったから」

マツが言い訳がましく言う。

三人の出身高校は山下町にあるが、ヒナが通っていたのは地下鉄ブルーライン沿いの私立高校であった。幼馴染みのなかでも群を抜いて勉強ができたヒナは、高偏差値の高校を受験し、見事に合格していた。

その後、ヒナが高校を中退したのが一年の冬休み前。以後、ロンやマツはオンラインでしかヒナと会ったことがない。

「前に、学校が遠いから平日は朝早くに家出ないといけないって言ってたな。それにあいつのマンション、山下町内だけど中華街の外にあるから、普通に暮らしてたらすれ違うこともないし」

マツの言い分を遮《さえぎ》るように、「わかった、わかった」と凪が言う。

「あんたたちが何の情報も持ってないことは理解した」

「なんだ、その言い方？」

マツが気色ばんだが、凪も「事実じゃん」と引かない。

「ちょっと黙っててくれ」

二人に告げたのはロンだった。どうすればヒナと接触できるか考えていたが、答えが出ない。

「家に行くしかないんじゃね？」

そう言ったのはマツだ。

「ヒナが家に引きこもってるのは間違いないんだから、とりあえず家に行こう」

「待ってよ。ヒナちゃんはヒナちゃんなりに、引きこもってる理由があるんでしょ？　私らと顔合わせてくれるわけないって」

「行ってみないとわからないだろ」

マツが判断を仰ぐように、横目でロンを見た。しばし黙っていたロンが口を開く。

「……行ってみよう。本人に会えなくても、家族から話が聞けるかもしれない。俺たちが心配してるってことだけでも伝えたい」

その言葉に凪も一応、納得したようだった。

「洋洋飯店」を出発した三人は、朝陽門《ちょうようもん》を抜けて海の方角へ向かった。ヒナの自宅マンションは中華街と山下公園の間にある。週末午前の山下町には観光客の姿も見えるが、まだまばらである。これからランチタイムに近づくにつれて、ぐっと人が増える。

「シンプルな疑問なんだけど」

連れ立って歩きながら、凪が言う。

「あんたら二人が幼馴染みなのはまあわかる。家も近いし、どっちの実家も飲食店だったんでしょ。でも、ヒナちゃんの家は離れてる。どうやって知り合ったの？」

「保育園が一緒だった」

ロンが答えた。

三人が初めて顔を合わせたのは、二歳のころだった。ロンやマツは実家が自営業だったこともあり、〇歳から保育園に預けられていた。両親とも会社員のヒナは、少し遅れて入園してきた。

園で同じクラスになった三人は、物心ついた時にはもう遊び仲間だった。三人とも、同じ地元の小学校、中学校に進学した。それぞれ付き合う友達は微妙に違っていたけれど、三人だけで集まることもよくあった。

　だが高校に進学してからは、その機会もなくなった。

「俺だって、後悔はしてる」

　ロンは本音を吐き出した。凪もマツも、黙りこんだ。

　あの時期、もっとヒナと会っていれば。メッセージのやり取りだけでも、もっと頻繁にしていれば。何かが違っていたかもしれない。そう思ったことは一度や二度ではなかった。

　黙ったまま、三人はマンションに到着した。エントランスの自動ドアはオートロックになっている。マツが代表して、パネルに部屋番号を入力した。呼び出しボタンを押すと、すぐに「はい」という女性の声が返ってきた。

「あのー、趙松雄《ジヤオ・ソンシオン》ですけど。お久しぶりです。ヒナのお母さんですよね？」

「趙くん？」

　意表を突かれたのか、相手は驚いている。この数年顔を合わせていないが、ロンもマツもヒナの両親とは面識がある。

「いきなりなんですけど、ヒナと会えませんか？」

「それは……難しいと思う」

　ヒナの母はやんわりと拒絶したが、マツはあきらめない。

「友達も一緒にいるんです。ロンも。せめて本人に聞いてもらえませんか」

しつこく食い下がると、ヒナの母が「待ってて」と言った。沈黙が漂う。どうやら通話をつないだまま、ヒナの部屋へ確認に行ってくれたらしい。

「……お待たせ。やっぱりダメだって」

「じゃあせめて、お母さんと話をさせてもらえないですか」

横からロンが割りこんだ。

「私と？」

「心配なことがあるんです。少しでいいんで、話をさせてください」

数秒、間が空いてから自動ドアが開いた。

築年数はそれなりに経《た》っているが、この周辺では最も敷地面積の広いマンションである。部屋は3LDKで、そのうちの一室がヒナの自室になっている。三人はエレベーターで上階へ行き、幅の広い外廊下を進んだ。

かつて何度も遊びに来た、菊地家のドアの前に立つ。再度インターホンを押すと、ヒナの母が顔を覗《のぞ》かせた。突然押しかけたにもかかわらず、きちんとメイクを施している。

「お久しぶりです」

ロンたちが頭を下げると、ヒナの母は「とにかく、どうぞ」と言った。初対面の凪を簡単に紹介してから、リビングダイニングへ入る。勧められるまま、四人掛けのテーブルに着く。ヒナの父はゴルフのため夕方まで出かけているという。

ロンは、玄関の逆側にあるドアに目をやった。そこがヒナの部屋であることは知っている。大声で話せば、室内まで聞こえるだろうか。

「部屋、リフォームしました？」

マツは無遠慮に部屋のなかを見渡しながら尋ねた。

たしかに、室内の様子はロンの記憶と若干違っている。開き戸だったドアが、すべてスライドドアになっている。それに部屋そのものが広くなっているように感じた。いくつかあった観葉植物の鉢が、すべて撤去されているせいかもしれない。玄関も幅が広くなり、段差がなくなっていた。

ヒナの母はマツの問いには答えず、グラスに注《つ》いだ炭酸水を配りながら三人の顔を順に見た。

「それで、心配なことって？」

「あの、お母さんが知ってるかわからないんですけど」

ロンは気まずさを覚えつつ、ヒナの実名を挙げて誹謗中傷する投稿がツイッター上でなされていることを話した。ＳＮＳの基礎知識がないためうまく説明できない部分もあったが、凪がフォローしてくれた。

ヒナの母は痛みをこらえるように、下唇を噛《か》んでその話を聞いていた。ロンがスマホで実際の投稿を見せると、深いため息を吐《つ》く。

「……そうなのね。知らなかった」

心なしか、話をする前よりも疲労が顔に滲《にじ》んでいるようだった。

「すみません。俺たちもけさ、このこと知って。ヒナが見ていたら、傷ついてるんじゃないかと思って」

「見てるでしょうね。あの子、SNSには詳しいから」

額に手を当てたヒナの母は、自分から何かを話してくれそうにはない。ロンは探りながら質問をすることにした。

「俺、ヒナとはたまにオンラインで話するんですけど」

「聞いてる。いつも気にかけてくれてありがとうね」

「あ、いえ。ただ、ヒナがなんで家から出られなくなったのかは知らなくて」

ヒナの母が顔をこわばらせた。

——警戒されてるな。

娘の幼馴染みとはいえ、そこはおいそれと口にできないらしい。

「このデマツイート、っていうんですかね。これが投稿された背景に、高校時代のことが関係してるんじゃないかと思って」

「それは、私から話せることじゃない」

「やっぱり関係はありそうなんですか？」

「だから、私には言えない。本人の気持ちを尊重して。あの子が話せるタイミングを待ってあげてほしいの」

取り付く島がない。ヒントすら手に入れられそうになかった。

重苦しい沈黙のなか、「ごめんなさい」と言ったのは凪だった。

「お手洗い、借りてもいいですか」

一瞬だけためらいを見せてから、ヒナの母は「汚いけど」と言ってトイレの場所を教えた。凪はすぐに席を立つ。

「……ヒナが、連絡を返してくれないんです」

マツが言った。

「この間までは、会ってくれなくても電話では話ができたのに」

「色々、思うところがあるのかもしれない」

ヒナの母は頑なだった。何を尋ねても、どんな話題を振っても、そこから話題が広がることはない。沈黙だけが娘を守るのだと信じているようだった。痺《しび》れを切らしたマツが、

「心配なんですよ」と身を乗り出す。

「なんか俺らにできることがあれば……」

「悪いけど、私だって全部は知らない」

放《ほう》り投げるような言い方だった。それが本音であることは疑いようがない。マツも黙りこむしかなかった。

ヒナに関する情報は得られないまま、菊地家を去るしかなかった。玄関に立ったヒナの母は、憂鬱《ゆううつ》そうに三人を見送った。余計な負担を増やしてしまっただろうか。果たして自分たちのしていることが正しいのか、ロンにもわからなくなった。

「……聞きたいんだけど」

エレベーターを降りてエントランスを抜けた時、凪が言った。

「あんたらが、あの部屋に最後に行ったのはいつ？」

ロンとマツは顔を見合わせた。「中学二、三年」とマツが答える。

「元からじゃなくて、この数年でリフォームしたってことだよね？」

「おう。だから俺、聞いたじゃん。答えてくれなかったけど」

ロンは会話を聞きながら、先ほどまでいた室内を思い出していた。段差のなくなった玄関。開き戸からスライドドアへの変更。障害物がなくなった部屋。それらの手がかりからは、自然と一つの仮説が導かれる。

「凪、お前……」

「やっとわかった？　その確認のためにトイレに行ったの。案の定、手すりがついてた。たぶん浴室も作り変えてると思う。お父さんかもしれないと思ったけど、ゴルフに行ってるってことは可能性低いし」

「何の話？」

マツだけはぽかんとしていた。

「本当に気付かなかったの？」

凪が呆れ顔で見やった。代わりにロンが答える。

「あの家、車いすユーザー向けに改装されてる」


加賀町《かがちょう》警察署前で人を待ちながら、ロンはこれまでの数年、ヒナが車いすを使っている可能性を考えすらしなかった自分の鈍さを悔やんでいた。

ヒナがオンライン会議で見せる姿は、決まって上半身だけだった。「翠玉楼」が閉店する時も、江口千代に会いに行く時も、家から出られなかった。引きこもっているのは心理的な理由のせいだと思っていた。間違っているとは言えない。だが、事実はそれだけではなかったのかもしれない。

もっと早く、ヒナの家を訪れていたら。

このところ後悔ばかりしている。後になってから「こうすればよかった」と思ってばかりの自分が、ふがいなかった。

——結局、俺はヒナのために何もできてない。

「待たせた」

警察署から小走りで現れたのは、ぼさぼさの頭にくたびれたスーツの男だった。岩清水《いわしみず》欽太《きんた》、通称欽ちゃん。ロンたちの幼馴染みにして、神奈川県警の巡査部長である。現在は県警刑事部捜査一課に所属している。

近場のカフェに入ってテーブルに着くなり、欽ちゃんは「見たぞ」と言った。ヒナに関するツイッターでの投稿や周囲の反応、ヒナと連絡が取れないことも含めて、欽ちゃんには事前にメールで伝えていた。

「こいつ、とんでもないことしてくれたな」

欽ちゃんの目は血走っていた。九歳上の幼馴染みが、少し前からヒナに片思いしていることをロンは知っている。

「デマ投稿したやつって、捕まえられるの？」

「まあ、待て。順番に説明してやる」

自分を落ち着かせるためか、深呼吸を三度してから、欽ちゃんは語りだした。

「まず〈菊地妃奈子は犯罪者である〉という投稿。これは名誉毀損罪《きそんざい》か侮辱罪になる可能性がある」

「何が違うの」

「具体的な事実内容を示していれば名誉毀損罪。事実といっているが、虚偽の内容でも成り立つ。デマだろうが本当のことだろうが、具体的事実なら名誉毀損だ。そうでなければ侮辱罪。バカ、とかアホ、みたいにな」

「この投稿は？」

「犯罪者である、という記述をどう見るかだな。個人的には名誉毀損だと思うが、具体性に欠けるとみなされるかもしれん。そこまで理解していて、あえてぼかした表現にしたのかもな……だが、お前はそこまで考えなくてもいい。いずれにせよ、こいつのやったことは刑事罰に問われる行為だ」

ロンはわずかに安堵《あんど》した。犯人には、まっとうな方法で罰を与えることができるらしい。

だが欽ちゃんの表情は晴れない。

「ただ、忘れちゃいけないことがある」

「変なこと言わないでよ」

「名誉毀損罪も侮辱罪も、親告罪だ」

苦りきった表情の欽ちゃんが、とん、とん、とテーブルを指で叩《たた》く。

「被害者の告訴がなければ起訴できない。要は、ヒナが自分で声を上げないといけない」

「そんなの変だろ！」

反射的に、ロンは怒鳴っていた。

「ヒナが被害に遭《あ》ってるのは明らかなのに。弱ってる本人が告訴しないと、警察は動いてくれないのか？」

「そういう法律になってんだよ」

「じゃあ、欽ちゃんは指くわえて見てるってことか？」

「そんなこと言ってないだろ」

欽ちゃんは苛立《いらだ》ちを隠そうともしない。幼馴染みとしての怒りと法律の狭間《はざま》で苦悩しているのは、ロンにもわかる。

「周辺の証拠固めはする。ヒナが告訴した時、すぐに動けるようにな。捜査一課だから本来は職分じゃないけど、そんなこと言ってられない。それと、もう一つ言っておきたいことがある」

欽ちゃんは自分のスマホで、例の投稿を表示してみせた。

「この投稿の〈犯罪〉というのは、売春のことを暗示しているみたいだな」

「デマだよ、そんなの」

「当たり前だ。だが、架空の話だぞ、架空の話として、ヒナが高校に通っていた時期に売春をしていたとしても、おそらく犯罪にはならない」

ロンには、欽ちゃんの言っていることが今一つピンとこない。売買春はどちらも犯罪ではないのだろうか。

「そうなの？」

「男のほうは、未成年を買春《かいしゅん》したんだから児童買春罪に問われるがな。こっちは当然、重罪だ。しかし、勧誘やあっせんをしている場合を別として、未成年の女性が売春をしたとしても直接何らかの罪に問われる見込みはないと思う。実際あれば、保護はされるかもしれないけどな」

「じゃあ、犯罪者であるって投稿は、そもそもの前提からデマってこと？」

　欽ちゃんがうなずく。

「そいつがどこまで知っているのかわからないが、相当、悪意があることはたしかだろうな。高校時代に聞いた噂を悪気なくつぶやいただけ、ということはないと思う。ヒナを貶《おとし》めたい、傷つけたい、と強く意図した仕業と見た。そしてヒナの性格からして、そういう人間が大勢いるとは考えにくい」

　徐々に、欽ちゃんの言いたいことがロンにもわかってきた。

「高校にいた当時、ヒナを恨んでいたやつが犯人だってこと？」

「そうだ。俺もできる限りの調査はやるが、警察官であるせいで逆に動きにくいこともある。でもロンなら、しがらみはないだろ？」

　デマを流した犯人がわかれば、ヒナの気持ちも告訴へ傾くかもしれない。少なくとも、誰がやったのかわからない現状よりは、敵が明らかになったほうが対策は練りやすいはずだ。

「とにかく、犯人の身元を特定すればいいんだな」

「仮に見つけても、お前やマツだけで報復しようとするな」

欽ちゃんは真顔で釘《くぎ》を刺す。

「さっきも言ったけど、名誉毀損罪も侮辱罪も親告罪なんだよ。社会的に裁くには、ヒナに告訴するという気持ちを持ってもらうことが大事なんだ。お前らが先回りして罰を与えるようなことをしたら、告訴はしなくてもいい、とヒナが思うかもしれない」

「了解」

ロンにも、欽ちゃんの言うことは納得できた。一発殴るよりも社会的に罰するほうが、相手にとって効果的な場合は少なくない。

「何かわかったら、すぐ俺に知らせろよ」

念を押す欽ちゃんに「はいはい」とロンは空返事をする。

――そういえば、ヒナって……

車いすの件を話すべきかと思ったが、やめた。確定したわけではないし、他人である自分が勝手に広めるのは違うような気がした。たとえ相手が、幼馴染みの欽ちゃんであっても。いや、幼馴染みだからこそ知られたくないのかもしれない。

事実、ロンはまだヒナから打ち明けられていない。

昼下がり、新横浜駅近くの喫茶店はほぼ満席であった。

このご時世にはめずらしく、全席喫煙可能な店である。何度もこの店を使ったことのある凪いわく、普段の平日は空《す》いているらしい。だが、ロンが窓際の席から見る限り、店内は十代の若者を中心ににぎわっている。

「夏休み中はどこもキッズが多いね。ファミレスにでも行けばいいのに」

店内を見回した凪が毒づく。今日は蛍光イエローのシャツに黒のショートパンツという服装だ。どこかに派手な色が入っていないと気が済まないらしい。

「ファミレスも一杯なんだろ」

「だからって、こんな渋い店に来なくてもいいのに」

ロンと凪はテーブル席に並んで座っている。目の前にはブレンドコーヒーが二人分。まもなく、待ち合わせをしている相手が来るはずだった。マツも誘ったが、めずらしくジムの仕事が入っていて欠席している。

凪は電子タバコの煙を吐き出した。

「前からタバコ吸うんだっけ？」

「半年くらい前から。喫煙所か、こういう店じゃなかったら吸わないよ。そろそろ時間？」

ロンはスマホで時刻を確認する。約束の午後二時はもうすぐだ。

待ち合わせの相手は、ヒナの高校時代の同級生である。

ツイッターで件《くだん》の投稿に反応していたアカウントのいくつかに、ロンからDMを送った。ヒナが犯罪者である、というのはどういう意味か。会って話を聞けないか。そんな内容である。いつもならヒナに任せる作業だが、自分でやってみて初めて、思ったよりも手間と時間がかかることを実感した。

大半は無視されるか断られたが、一つだけ、話をしてもいいというアカウントがあった。須藤《すどう》と名乗る男性で、彼がここに来るはずである。

「バックレたりしないよね」

凪が妙に凄《すご》みのある声で言った。

「それはないだろ。向こうは身元も明かしてるし」

須藤は県内の大学に通う学生らしい。

定刻を少し過ぎて、入口にすらっとした若い男が現れた。ロンが席を立ち、「須藤さんですか」と声をかけると、はっとした表情でうなずいた。紺のポロシャツにベージュのチノパンという出で立ちの、絵に描《か》いたような好青年だった。席に案内すると、凪はすでにタバコを消していた。愛想のいい笑顔で出迎える。さすがは社会人だ。

ロンと凪は簡単に自己紹介を済ませ、本題に入った。

「須藤さんは、あの投稿に心当たりがあるんですか?」

須藤のアカウントは、件の投稿を〈なんで今さらこの話?〉というコメントをつけたうえで拡散していた。

「心当たりというか……同じ学年のやつなら、みんな知ってると思いますよ」

「どういうことですか」

「そういう噂があったんですよ。菊地さんがよからぬことをした、という」

「よからぬこと、とは？」

声音は抑えていたが、質問する凪の目は鋭かった。須藤はしばらく直接的な表現を避けていたが、しつこく問われてついに観念した。

「売春ですよ。菊地さんがカラダを売ってたって噂」

「同学年の人なら誰もが知っているほど有名なんですか？」

「高校一年生には、衝撃的なトピックスでしたから」

須藤は運ばれてきたアイスコーヒーに口をつける。凪の質問は止まらなかった。

「みなさん、それを信じてたんですか？」

「いや、信じるというか……そういう話もあるんだなぁって」

「しかしデマですよね？」

「裏取ったわけじゃないですからなんとも。ただ、割とリアリティある話でしたね」

須藤は薄笑いを浮かべた。当時の噂を思い出しているのだろうか。対照的に、ロンと凪の顔つきは固くなる。

「どんな内容だったんですか？」

「え、内容ですか。いいですけど」

薄い笑顔のまま、須藤は語りだした。

「菊地さんは、入学した直後からカワイイって評判だったんです。俺、同じクラスだったんですけど。勉強もできるし、お嬢様っぽい雰囲気もあって。一部の男子の間で学年の美人ランキングみたいなのやってて、そこでも上位でしたね」

凪は不快そうに頬《ほお》を引きつらせたが、須藤は気付いていないようだった。

「最初は夏休み明けてすぐに、噂というか目撃情報が出て」

「なんですか」

「夏休み中、横浜駅の近くで男と一緒に歩いてるのを見たやつがいたんです。しかも、その相手が学校の教師だったんですよ」

次第に須藤の口調が熱を帯びてくる。この話題を楽しんでいるようだった。

「教師の名前は？」

「比良石《ひらいし》っていう社会科の教師で、クラスの担任でした。すぐにその話が広まっちゃって。菊地さんに聞いたら、事実だけど、たまたま会っただけだっていうんですよ。なくはないけど、怪しいですよね」

「……それで？」

凪は無表情で先を促す。

「比良石のほうはそれまでと変わりなく、担任続けてましたね。ただ、なんとなくクラスのなかでも変な空気になっちゃって。比良石が菊地さんのほうを見るたびに、俺たちも意識する感じになって。そこからは菊地さんがクラスで孤立するようになりました」

「担任と会ったのは偶然だったのに？」

ロンが尋ねた。比良石への批判が起こるなら理解できるが、ヒナが孤立する意味がわからない。

「いや、だって……ねえ。腫《は》れものじゃないですか。偶然って言ってるけど、実際のところは本人にしかわからないでしょ。先生もたまたま会っただけだって言ってたけど、その割にまんざらでもなさそうな雰囲気だったし」

須藤はにやにやと笑っていた。凪の目が細められる。

「仮に、その先生とヒナちゃんが街中で一緒にいたとして、ヒナちゃんが売春してたっていうのは飛躍しすぎじゃない？」

「冷静に考えればそうですけど、高校一年生でしたから。ほら、噂ってSNSで勝手に話が大きくなったりするじゃないですか。夏休み明けとかみんな話題に飢えてるし、仕方ないですよね」

「SNSでも話題にしてたんだ？」

「そりゃまあ、ねえ。今時そういうことがＳＮＳで話題にならないほうが珍しいんじゃないですか」

凪とロンは一瞬、視線を交わす。ブレンドコーヒーはとっくに冷めていた。

「具体的にはどんな風に？」

「えー……俺、ほとんど関《かか》わってなかったからわからないですよ」

そう言っていた須藤だが、ロンが食い下がるといくつか実例を挙げてみせた。

「最初はインスタのグループ外しとか、そのレベルだと思いますよ。あと、ストーリーズってあるじゃないですか。二十四時間で動画が消える機能。あれで、菊地さんと比良石はカラダの関係あり、とか書いてるやつがいましたね。休み時間に一人でいるところをスマホで撮って、流したりとか。菊地さん、もともとインスタのフォロワーも多かったし、嫉《しっ》妬《と》もあったのかもしれないですね」

ロンはこみあげる吐き気をこらえた。

高校一年生のころ、当時すでにクラスの生徒の大半はＳＮＳ、とりわけインスタグラムのアカウントを持っていた。ロンも何度かアカウントを尋ねられたので覚えている。当然ヒナはやっていただろうが、それが嫉妬の種になるという感覚が、ロンには今一つわからなかった。

「その他は？」

「あと、ツイッターがひどくて。菊地さんの実名出して、バンバン下ネタ投稿したり。ああいうのって、男子ノリがあるでしょ。悪気があったわけじゃないけど、まあ、本人が見たらちょっと不快だったかもしれないですね」

須藤は理解を求めるように、ロンを上目遣いで見た。

「……たとえば、どんな？」

「いやあ、ここでは言えないっすよ。そういう内容です」

凪がため息を吐く。怒りを我慢しているのは、彼女も同じようだった。マツがいなくてよかった、と思う。この場にいたら、すでに殴っていたかもしれない。

「そういうのって、学校で問題になったりしなかったんだ」

「全部鍵《かぎ》アカに決まってるじゃないですか。フォロー許可してない人には絶対に見られないんで、学校にバレようないっすよ。誰かがチクったら別だけど、そんなことするやついないし」

話しているうちに興が乗ってきたのか、須藤の口は滑らかだった。

「そういうことがあって、秋くらいから菊地さんが学校来なくなったんですよね。うちのクラスで最初の不登校でした」

須藤の頬を張りたいのをこらえて、ロンは拳《こぶし》を握った。

「やりすぎたか、みたいな空気があったけど、十五、六歳なんて歯止め効かない年齢だし、普通にその後も同じようなことやってたんですよね。そしたら、またですよ。また、菊地さんと比良石がいるのを見たってやつが出てきたんです」

「勘違いじゃなくて？　不登校になってた生徒と担任教師が、外で会う？」

凪の問いに、須藤は「間違いないです」と言う。

「目撃したやつが、その場で写真撮ったんで。昔の投稿にまだ残ってるかも」

須藤はスマホを操作し、画面を見せた。

そこには四十歳前後の男性と、若い女性の二人組が映っていた。遠くから撮影したせいか不鮮明ではあるが、若い女性はたしかにヒナだ。コートにロングスカートという服装から、冬だと推測された。

「これは燃えたなぁ。噂が下火になりかかってたタイミングで燃料投下されたんで、もう派手に炎上して。それまでは信じてなかったやつも、菊地さんってマジでそういうことしてるんだって確信に変わっちゃいましたね」

「二人で会ってただけでしょ？」

「いやいや……他に会う理由あります？　絶対そうですよ」

ロンは冷静さを保つため、情報を整理することに集中した。

ヒナが担任教師と横浜駅周辺で会ったのは事実らしい。少なくとも二度。そして、それが原因となってSNS上でヒナへの誹謗中傷が起こった。男性教師と会っていたという事実から、売春にまで話がふくらんだ。

「あまりに燃えすぎたんで、さすがに学校側にバレたんですよね。誰か、アホなやつが他の教師に言ったらしくて。比良石はしばらく謹慎食らってたみたいですけど、結局、すぐに戻ってきました」

謹慎ということは、担任教師には学校側からのヒアリングがあったのだろう。

「その少し後、冬休み前に菊地さんが退学したって聞いて、さすがにまずいねってことで、みんな過去の投稿とか一斉に削除しました」

「なんで？」

「だって退学の責任取れとか言われたら、怖いじゃないですか。みんな、そういうつもりでやってたわけじゃないし。別に悪気はなくて……」

「お前らの責任だろ」

とうとう、ロンは黙っていられなくなった。慌てた凪が「やめてよ」と言うが、口をつぐむことはできない。

「お前らが勝手にデマつくって、それを流して、ヒナを追い詰めたんだろうが」

ぽかんとした表情で聞いていた須藤が、首をひねってみせた。

「なんで、デマって言えるんですか」

「は？」

「菊地さんがカラダ売ってないっていう証拠、あるんですか？　俺らは与えられた情報から、合理的に予測しただけですよ」

ロンには任せておけないと判断したのか、凪が「待って」と割り込む。

「それって合理的？　私には、ただの当てずっぽうにしか聞こえないけど」

須藤が鼻を鳴らす。

「実はその後、比良石も退職したんです。高二の夏に、いきなり。生徒には何も事情は教えてくれなかったけど、生徒と――菊地さんと関係持ったせいじゃないかって話でした」

「それも憶測じゃない？」

「でも、唐突に学校辞める理由なんて不祥事以外ないでしょ。例の件の答え合わせだよね、ってみんな思ってましたよ」

「みんなみんなって、お前はどうなんだよ」

ロンが再び詰め寄る。須藤は顎《あご》を掻《か》いて、ふっ、と笑った。

「俺ですか。俺はどっちでもいいです。興味ないんで」

――こいつ。

ロンが腰を浮かせるのと同時に、凪がコーヒーカップを手に取った。そのまま躊躇《ちゅうちょ》なく、中身を須藤に向けてぶちまける。冷めたブレンドが宙を舞い、須藤のポロシャツやチノパンを茶色く染めた。

「うわっ！　おい！」

　須藤が悲鳴を上げて席を立つ。周囲からの無遠慮な視線が集まる。やってきた店員に須藤がおしぼりを頼んでいる間も、凪は平然とその様子を見ていた。

「何してんだ、あんた」

　いくらか落ち着いた須藤が凪をにらむ。

「俺はあんたらが話聞きたいっていうから、わざわざ来たんだぞ！」

「それはそれ。これはこれ」

「頭おかしいんじゃねえか？」

「こっちのセリフだよ。それだけ他人傷つけたの自覚してるくせに、反省もせずにベラベラと。ヒナちゃんの受けた被害に比べれば、かすり傷だろ」

　声を荒らげる須藤を相手に、凪は一歩も引かない。

「お前、弁償しろよ。拒否したら実名で晒《さら》し上げるからな」

「上等だよ。鍵アカばっかりの閉じた世界でいくら罵倒《ばとう》されても、こっちは痛くもかゆくもないんだよ。好きなだけ内輪でやってろ」

「はあ？　ボケが」

　周囲の客はまだちらちらと二人のやり取りを見ている。須藤はいたたまれなくなったのか、じきに「死ね」と子どもじみた捨て台詞《ぜりふ》を残して去っていった。凪は右手をひらひらと振って見送る。

「……何やってんだよ」

「いいじゃん。ロンもムカついてたんでしょ」

「違う。そっちが先にやったら、俺ができなくなるだろ」

凪はまじめな顔でそう言うロンを見て、声を上げて笑った。周囲の客はもうほとんど振り向かなかった。

ノートパソコンのディスプレイには、ツイッターのDMが表示されている。さっき届いたばかりの返信だった。

〈迷惑なんでもう送ってこないでください。〉

その一言を最後に、ブロックされてしまった。このアカウントには二度とDMを送ることができない。

――こいつもダメか。

ロンは大の字になって寝そべった。

この一週間、さらに詳しい話を聞くため、ヒナの元同級生とみられるアカウントに次々とDMを送っていた。凪やマツとも手分けしている。しかし須藤からの悪評が出回ったのか、あれ以来誰からもまともに相手をしてもらえなくなった。

凪はアーティストの人脈を使って、一学年上のOBを探し出した。しかしわかったことは、比良石一彦《かずひこ》という社会科教師が退職したのは事実らしい、ということくらいだった。つまり、取り立てて進展はない。

ロンたちは、例の投稿をした犯人は元同級生ではないかとにらんでいた。とりわけSNS上でヒナを追い詰めた生徒が怪しい。しかし犯人と思《おぼ》しき人物はおろか、その候補すら把握できていない。

調査は早くも行き詰まりつつあった。

気が付けば、もう午後八時である。夕食は「洋洋飯店」で済ませたため空腹は感じない。ただ、慣れないパソコン作業のせいで身体《からだ》がこわばっていた。ロンは飲み物を取りに自室を出た。

ダイニングでは良三郎が晩酌の最中だった。テレビ神奈川《かながわ》のバラエティ番組を見ながら、「五糧液《ウーリヤンイエ》」という白酒《パイチユー》をちびちび飲んでいる。

ロンは炭酸水のペットボトルを手に、ダイニングテーブルに着いた。

「なあ、じいさん」

良三郎はテレビを見たまま「あ？」と応じた。

「じいさんも、後悔とかする？」

なぜその質問が出たのかは、自分でもよくわからない。ただ、このところ後悔することがやけに多かった。あのころ、ヒナともっと話していれば。もっと早くヒナの自宅を訪ねていたら。そんなことばかり考えてしまう。

良三郎はゆっくりと視線を動かし、ロンの顔の上で止めた。

「するに決まってる。人生、後悔だらけだ」

「何を後悔する？」

「そりゃ、孝四郎のこととかな」

良三郎の息子であり、ロンの父である男の名前だった。

「オヤジは事故だろ。じいさんが後悔する理由がない」

「そこじゃない。死んだことは仕方がない。ただ、生きている間にもっとうまくやれた気がする」

そこで、良三郎は酒を口に含んだ。ロンから話題を振ったとはいえ、祖父が湿っぽいことを口にするのはめずらしかった。

「俺の母親のこととか？」

答えはなかった。

ロンには母親の記憶がうっすらとしか残っていない。ただ、その印象は最悪と言ってよかった。良三郎との生活が長いせいかもしれない。普段は蓋《ふた》をしている感情が、にわかに噴き出しそうになっていた。

「じいさん。オヤジは本当に、事故死なんだよな？」

それは、ロンの心に巣食う長年の疑問だった。

直接この疑問を投げかけるのは初めてだった。どうせ答えは決まっているのだ。だから聞かなかった。それなのに、問いかけが口から出てしまったのは気の迷いとしか言いようがなかった。

「……警察が言うんだから、そうなんだろ」

——やっぱり。

「警察の話じゃない。じいさんの意見を聞いてる」

「お前はこんな話がしたかったのか？　片手間で聞いてるならやめとけ。どうせいつか、その時が来る」

片手間のつもりはない。ただ、覚悟のなさを見抜かれているのは間違いなかった。

良三郎はテレビに視線を戻した。ロンはこれ以上の会話をあきらめて、自室に引っこむしかなかった。

——その時って、いつなんだよ。

胸のうちで祖父に呼びかける。

父が死に、母が姿を消してから十二年。その間、ロンが両親について良三郎とまともに話したことは一度もない。遺品に触れたことすらなかった。父の部屋は今も、亡くなった当時のままになっている。

冷えた炭酸水を飲み、浮かない気分で天井を見ていると、スマホが震動した。着信だ。

〈欽ちゃん先輩〉と表示されている。

「もしもし」

「おう。例の件、色々わかってきたぞ」

「やるじゃん、欽ちゃん」

ロンは身体を起こして、ことさら明るい声で答えた。須藤との面会後、欽ちゃんには得られた情報を共有していた。どうやら、ヒナの元担任教師について調べてくれたらしい。

「比良石ってやつは要注意人物だな」

「どういうこと?」

「過去に被害届を出されている」

「被害届? ヒナが出したの?」

「違う。出したのはまったくの別人。ただ、教え子なのは同じ。四年前の七月、自分の教え子から強制わいせつで被害届を出されていた」

欽ちゃんが読み上げた当時の記録によれば、高校教師だった比良石は、放課後の教室で二人きりになったタイミングを狙《ねら》って女子生徒に後ろから抱きついたという。さらにスカートのなかへ手を伸ばそうとする比良石の手を振り払い、生徒は逃走。その日のうちに保護者から警察へ被害届が出された。

　ロンは須藤のスマホで見た、比良石の外見を思い出す。中肉中背の体型に、やや薄くなった頭髪。とりたてて変哲のない中年男性、という印象だった。

「つまり、比良石には前科があるんだな」

「いや。正確には、前科にはなっていない」

　欽ちゃんが苦々しそうに言う。

「え、なんで？」

「前科っていうのは過去に刑罰を受けた経歴のことだ。比良石の場合、その後で示談したために被害届が取り下げられた。結果、起訴に至らなかった」

　強制わいせつは非親告罪だ。そのため被害者の告発がなくとも起訴することが可能だが、検察が示談した事実を考慮し、起訴を見送ったのだろう。欽ちゃんはそんなことを話した。

「ただし比良石は逮捕後、勤め先を依願退職している。学校側にバレて、辞めざるを得なくなったんだろう。性犯罪、それも自分の教え子が相手となると、学校もかばいようがないだろうな」

「被害に遭った女子生徒は？」

「詳しくはわからないが、事件後も学校には通っていたらしい」

　どこか腑《ふ》に落ちる感覚があった。

須藤は、比良石が高二の夏に退職した理由について「菊地さんと関係持ったせいじゃないか」と話していたが、違ったのだ。別の女子生徒に強制わいせつを働き、学校にバレて退職した、というのが真相だった。

須藤たちがその真相を知らないということは、被害者は事件後も周囲に一切を話さなかったのだろう。性被害を打ち明ければ、好奇の視線を引き寄せることになりかねない。それを恐れたのかもしれない。

ロンの腹の底で、静かな怒りがたぎっていた。

「……許せないな」

「性犯罪は、事件後もいろいろな形で被害者に苦痛を与える。非親告罪にはなったものの、被害者が声を上げなければならない構造は基本的に変わっていない」

「待てよ。ヒナが高一の夏と秋、比良石と二人でいたのって……」

いやな予感がよぎった。ロンの内心を読んだかのように、欽ちゃんが言う。

「ヒナは比良石から、何らかの被害に遭っていたのかもしれない」

最悪の想像だった。

仮にそれが真実だとすれば、ヒナは何重にも被害を受けたことになる。

担任教師だった比良石からの被害。二人でいるところを見られたことによる、同級生からの被害。それらは形を変え、何度もヒナを傷つけ、追い詰めただろう。事実ではないことを吹聴され、居場所をなくし、退学せざるを得なくなったヒナ。

目の前が怒りで真っ白になった。

「変なことは考えるなよ」

欽ちゃんはロンの内心を見透かしたかのように言う。

「考えるだろ、こんなこと聞かされたら」

「前にも言ったよな。お前らが勝手に行動を起こせば、ヒナが告発する意欲を削《そ》ぐことになりかねない。仮に比良石からの被害に遭っていたとしても、それを証言できるのはヒナ本人だけなんだ。先走って制裁を加えるような真似《まね》だけはするな」

「……わかったよ」

「キレてるのは俺も同じだ。報《むく》いは必ず受けさせる」

いつになく、欽ちゃんの言葉には棘《とげ》があった。鳥の巣のような頭と同じように、どこかふわふわとして抜けたところが欽ちゃんらしさなのに。それほど、ヒナが傷つけられたことに怒っている。

「なら欽ちゃん、次はどうする？」

「……なあ。ここから先は警察に任せろ」

耳を疑った。だが、欽ちゃんは本気だった。

「比良石の現在の居場所は、警察が調べればすぐに特定できる。そのうえで周辺の証拠固めをしてから、任意で事情聴取する。この流れが一番確実なんだ」

「俺らはもう首突っ込むなってこと？」

「わかりやすく言えば、そうだ。ここまでの働きには感謝してる」

「ふざけんなよ」

ロンの声は震えている。裏切られた気分だった。

「せめて比良石の居場所くらい、教えてくれ」

「ダメだ。これ以上の個人情報は渡せない」

「今までさんざん情報流出させといて、何言ってんだよ」

「情報をもらった分、義理を返しただけだ。ここからはお前らを巻きこみたくない。俺の責任でやる。お前らはヒナをケアすることに集中してくれ」

「会うことも、話すこともできないのに？」

欽ちゃんは咳《せき》ばらいをして、「ロン」とまじめな調子で呼びかけた。

「お前はお前が思ってる以上に、ヒナにとって心の支えになっている。問題解決のために動くことは大事だ。けど、それは他の人間でもできる。ロンには、ロンにしかできないことがある」

「何言ってんだよ」

「頼んだぞ。比良石のことは必ず何とかする。これは警察官としての仕事でもある」

一方的に、欽ちゃんは通話を切った。ロンは憤りに任せてフローリングの床を叩く。どん、と鈍い音が響いた。

――まだ何もわかってないのに。

比良石がヒナにしたことも、例の投稿をしたアカウントの正体も、ヒナの現状も、何一つ明らかになっていない。手詰まりなのは認める。だが、だからといって警察にすべてを任せていいことにはならない。

スマホを手に取り、〈菊地妃奈子〉の番号をタップする。コール音が一定のリズムを刻む。相手が出る気配は一向にない。

――ヒナ……。

ロンがどれほど祈っても、彼女の声は聞こえてこなかった。

＊

もしも。

ロンちゃんたちと同じ高校に通っていたら、どうなっていただろう？

偏差値は低かったかもしれないけど、受験勉強は塾でも家でもできる。普通に勉強していれば、それなりの大学には合格できたんじゃないだろうか。当時から理数系のほうが得意だったから、大学も理系学部を選んだだろう。

休み時間や放課後には、中学のころみたいに時々ロンちゃんやマツと集まってくだらないことを話す。二人とも部活はやってなかったみたいだし、私も帰宅部だったから、予定を合わせるのはそんなに難しくなかったはずだ。

マツは高校から柔術の大会に出場するようになったと言っていたし、一度くらいは応援に行きたかった。観客席で隣にいるのはロンちゃん。いまだに確認できていないけど、高校時代に彼女はいなかったんだろうか？　本人はいなかったって言ってるけど、信じていいのかな？

大切な人と足を運びたい場所は、数えきれないほどある。港の見える丘公園でバラの香りを嗅《か》ぎたい。横浜開港祭で花火を見たい。オクトーバーフェストでホットワインを飲んでみたい。ランドマークタワーのクリスマスツリーが見たい。

でも、私は永遠に行くことができない。

自宅に引きこもるようになってから、数えきれないほど考えた妄想だった。絶対に実現することのない、虚《むな》しい夢。

静かに流れた涙をカーディガンの袖《そで》で拭《ふ》いて、鼻水をすすった。

ノートパソコンと接続したモニターには、株価チャートが表示されている。このところ予測を外してばかりで、損切りばかりしていた。原因はわかっている。例の投稿が気になって、トレーダーの仕事に集中できない。

ハンドリムに手をかけて、いったんデスクから離れた。身体の一部のようになじんだ車いすを操作し、スライドドアを開け、部屋から出る。

日中のダイニングは広々としていた。平日の昼間、両親は仕事に行っている。家のなかには私ひとりだけ。カーテンは開け放たれ、ベランダに面した窓から真夏の日の光がさしこんでいた。

明るい部屋は落ち着かない。

あの日——比良石から襲われそうになったのも、日差しの差しこむ部屋だった。放課後、西日が差しこむ理科準備室。二人きりの部屋で、あの男は制服の胸元に手を伸ばそうとした。

突然、吐き気がこみあげてくる。息が苦しい。急いでカーテンを閉じた。薄暗くなったダイニングで、強く肩を抱く。額や首筋が汗に濡《ぬ》れている。

物心ついた時から、記憶力はいいほうだと思う。参考書は一度読めば内容を暗記してしまう。というより、写真を撮ったみたいに参考書のページを丸ごと覚えてしまう。カメラアイとか、瞬間記憶能力とかいうらしい。周りに言うと引かれそうだからはっきり口にしたことはない。

カメラアイは便利な能力だ。勉強で困ったことはないし、大事な用件をうっかり忘れるミスもない。でもすべての光景を記憶してしまうということは、忘れたいことも忘れられないということだ。

私は比良石にされたことを、今でも昨日のことのように覚えている。理科準備室の備品に積もった埃《ほこり》、興奮に駆られた顔、腕に浮いた血管まですべて。明るい部屋にいるだけで、あの瞬間がフラッシュバックする。

こんな人間が堂々と外を歩けるはずがない。ましてや車いすで。混雑する中華街も、たくさんの人が訪れるイベントも、私にはもう縁がない。

じっとしていると、少し気分がよくなってきた。グラスに水を注いで飲むと、人心地ついた。

ロンちゃんやマツ、凪さんがこの部屋に来てから、二週間以上が経った。

あの時、私は隣の部屋で息をひそめていることしかできなかった。みんなが私を心配してくれていることは、痛いほどわかる。三人からの着信やメッセージは数えきれないほど届いている。

平気だよ、と伝えたい。大したことない、と笑い飛ばしたい。

でも、それはできない。

私からの反応がないからといって、黙って待っているような人たちじゃない。どうせ勝手にSNSを調べたり、高校の元同級生と会ったりしているに違いない。欽ちゃんにも話しているだろう。

ロンちゃんたちには悪いけど、そんなことをしても私の傷は癒《い》えない。ただただ、そっとしておいてほしかった。

もうあのことは忘れてしまいたい。最近、やっと忘れかけていたところだったのに。オンラインだけど、みんなとも楽しく話せるようになった。ロンちゃんの手伝いをすることで、自分も少しは世の中の役に立てるかもしれないと思えた。江口さんからの返信に背中を押してもらいながら、本当のことを打ち明けようと決心したばかりだった。

でも、もうダメ。

あの投稿を目にした瞬間、すべて思い出してしまった。痛みも、辛《つら》さも、苦しさも。やっぱり、私みたいな人間は外に出るべきじゃない。無理して出たところでボロボロに傷つくだけだ。ロンちゃんたちにも、もう私のことは忘れてほしい。この部屋を見た時点で、私が車いすだってことはきっと勘づいている。ずっと隠していたのに、それも無駄だった。

放心したまま惰性で部屋に戻る。

モニターに表示されたリアルタイムチャートが急落していた。逆風が吹いている時は、何をやってもうまくいかない。自分の生活費くらいは稼げるようになろうと思ってはじめた株取引だって、トップトレーダーに比べれば遊びみたいな金額だ。

全部、虚しい。全部、どうでもいい。

スマホが震えた。ロンちゃんからの着信だ。

――みんなは、私の何を知りたいの？

無言で問いかけたけど、答えてくれる人はいなかった。

＊

八月末の暑い日だった。

某駅を降りたロンは、スマホの地図アプリに従って歩き出す。駅前の商店街を抜けて、住宅街に入る。

――この辺なんだけどな。

目当てのマンションはさして苦労せず見つかった。勝負はここからだ。

ロンはエントランスが見える位置に、児童公園があることを確認していた。公園のベンチに座り、スマホをいじるふりをして人影が現れるのを待つ。

時刻は午前九時。真夏の日差しが容赦なく肌を焼き、全身から汗が噴き出る。こういう時、車を持っていれば快適なんだろうな。とりとめのないことを考えながら、ロンは炎天下での監視を続けた。

いずれこのマンションから比良石が出てくるはずなのだ。

欽ちゃんに止められたからといって、じっとしていられるはずもなかった。ロンは収穫がないことを覚悟で、マツや凪と手分けをして、比良石に関する情報を集め続けた。案の定、多くの元同級生から拒絶され、進展はないに等しかった。

一人だけヒアリングに応じた男がいた。ただ、その男がヒナを「P活女」呼ばわりしたことで、同席したマツが暴れ出してしまった。ロンと凪でなんとか制止したが、話し合いどころではなかった。

「偏差値は高くても、バカしかいねえな」

帰り道でマツはそう憤慨していた。

停滞した状況に風穴を開けたのは、凪だった。

ライブシーンの人脈を利用し、同じ高校のOBで、卒業後も比良石と年賀状のやり取りをしている律儀な男性を見つけだした。二十代なかばの彼は比良石が高校を退職したことすら把握していなかったようだが、最新の住所は知っていた。

比良石の現住所を手に入れた三人は、「洋洋飯店」に集合して作戦会議を開いた。

「さあどうする？」

聞きたいことは山ほどある。

だが、いきなり押しかけて声をかけるのは得策ではない。事前に情報を集めて、逃げられないような状況をつくってから話しかけるほうがいい。そのために、比良石を尾行して生活パターンを監視することになった。

唯一、素人ながら尾行の経験があるロンが言う。

「誰か一人でやったほうがいい。大勢でいくと怪しまれるかもしれない」

「じゃあ、俺がやる」

真っ先に手を挙げたのはマツだったが、他の二人が即座に却下した。一人で暴れだしたら誰も止められない。

「私が行こうか」

凪も立候補したが、ロンが止めた。有名になりつつあるヒップホップクルーの一員であり、顔が割れやすい。そもそも会社員の凪は時間の融通がきかない。

ロンがやるのは、当然の成り行きであった。

ロンにとって待つことは苦ではなかった。辛いのは暑さだ。

昼へ近づくにつれて、じりじりと気温が上がっていく。日差しが熱い。せめてタオルくらいは持ってくればよかった。

二時間も経つと、汗すら乾いて肌がべたついてくる。皮膚が火傷《やけど》したようにひりひりと痛む。人の出入りは何度かあったものの、比良石と思しき人物はいなかった。たまに公園の前を通り過ぎる男女が、ロンに不審げな視線を送る。

正午ともなると、さすがに限界だった。

いったんコンビニで緑茶を買って公園に戻ると、ちょうど、誰かがマンションのエントランスから出てくるところだった。その横顔を見て、ロンは思わずペットボトルを取り落としそうになる。

四十代と思しき男性。中肉中背で、黒いポロシャツにジーンズという目立たない格好。数年前の写真よりさらに頭髪が薄くなっているが、その男性は比良石一彦に間違いなかった。

――いた。

比良石は徒歩で公園の前を通過する。ベンチに座っていたロンは、とっさにうつむいて顔を隠した。数秒後に横目で見ると、角を曲がるところだった。さりげなく立ち上がり、後を追う。

以前、凪の職場の先輩である優理香《ゆりか》に頼まれ、その夫を尾行したことがある。ロンの尾行がうまかったとは思わないが、最後までバレることはなかった。おそらく一般人は、自分が尾《つ》けられているとは想像すらしていないのだろう。十メートルほど前を歩く比良石も優理香の夫と同様、ロンに気が付くそぶりはない。

しばらく駅前へ続く道を歩き、大通りに面したビルへと入った。すべてのフロアが個別指導塾になっていて、ビルの壁面の垂れ幕には、大学の名前や合格者数が派手な字体で記されていた。

さすがに生徒ではないだろう。だとすれば、比良石はこの個別指導塾で働いている可能性が高い。

ロンはしばしビルの前をうろついた。いきなり無関係の人間が入れば、怪しまれるに違いない。どこかで時間をつぶすべきか――そんなことを考えていると、どこからか現れたスーツの男に声をかけられた。

「入塾希望の方ですか？」

男は個別指導塾の職員らしく、ロンに爽《さわ》やかな笑みを見せている。先日二十一歳の誕生日を迎えたロンだが、見た目だけなら十八、九といっても違和感はない。

「あの、話だけ聞くことってできます？」

「もちろんですよ。どうぞこちらへ」

男に誘導されるまま、ロンはビルのなかへと足を踏み入れた。

自動ドアを抜ければ、カーペット敷きのエントランスが広がっている。その一角に設《しつら》えられた応接スペースに案内された。声をかけてきた男性がそのまま正面に座る。

はじめに住所や連絡先を記入させられた。年齢だけ二歳若くして、あとは本当の情報を記した。

「小柳さん、ですね。当校のことはどちらで？」

「えーと……たまたま歩いてたら見かけて」

「横浜にお住まいなのに？」

「あ、いや、この辺に親戚《しんせき》の家があって、よく来るんで」

その後も志望している大学や苦手科目などを尋ねられたが、思いつくまま適当に答えた。しどろもどろな回答もあったが、咎《とが》められることはなかった。

「こっちからも聞きたいんですけど」

「もちろん、構いませんよ」

男はにこやかに答える。

「この塾に、比良石さん、という方はいらっしゃいますか？」

「ああ、はい。講師におりますが」

やはり、この個別指導塾が比良石の現職場らしい。男は首をひねる。

「どこかでお聞きになられましたか？」

「ええ。教え方がうまいと聞いて。講師歴が長いんですか」

「うちに来て三、四年だと思います」

「ここに来る前も塾講師を？」

「そこまでは、わかりませんが……」

その後も男は塾のシステムをロンに説明した。このビルの各フロアは教場と呼ばれ、デスクはパーテーションで仕切られている。一つのデスクに生徒と講師が一人ずつつき、マンツーマンで指導する。

「隣のデスクから声が聞こえたりすると、気が散ったりしません？」

「ある程度距離は取っていますし、パーテーションでほとんど顔も隠れているので、その点は問題ないですよ」

男はすらすらと答える。

結局、ロンは最後まで話を聞いたうえで「家族と相談します」と告げて個別指導塾を後にした。もちろん、入塾する気はさらさらない。ロンは垂れ幕のかかったビルを見上げる。日差しを浴びて、ガラス窓が光り輝いていた。

――どこから攻めるかな。

ロンは早くも、比良石との対峙《たいじ》を頭のなかでシミュレーションしていた。


翌週。

午後十時、エコバッグを提げた比良石一彦が、児童公園の前を通り過ぎようとしていた。

夜間はいくらか涼しくなるとはいえ、暑さは続いている。比良石はハンカチで汗を拭《ぬぐ》いながら自宅アパートへ入ろうとするところだった。

児童公園のベンチから立ち上がったロンは、足音を殺して背後に立った。

「すみません、比良石さん」

ＬＥＤに照らし出された比良石の顔は、ぎょっとしていた。取り立てて印象に残らない、普通の中年男。

「なんですか」

「菊地妃奈子の知人です」

比良石の顔がこわばり、両目が見開かれる。

「覚えてますよね、その名前」

「……どういうご用件で？」

「話を聞かせてほしいんです。よければ、ご自宅に入れてもらえませんか」

「どうしてそんなことを？　そもそも、あんた誰だ？」

比良石は口の端から唾《つば》を飛ばす。ロンはその質問をすべて無視した。

「高校を退職された経緯、勤め先に言っていないみたいですね」

はっきりと、比良石の顔色が変わった。

この数日、ロンは比良石の生活リズムをつかむと同時に、勤務先での評判を集めていた。

名前や連絡先を変え、計三回、入塾希望者を装って比良石の身辺を探った。わかったのは、比良石が社会科全般を担当していること、加えて、前職の経歴をほとんど話していないらしいということだった。

おそらく個別指導塾の関係者は、比良石が教え子に被害届を出され、それが原因で退職したことを知らない。

「断られるようなら、勤め先に事実を伝えるだけです」

ロンは、この脅しに絶大な効果があると確信していた。だからこそ、準備を整えてからカードを切ったのだ。無言のまま固まっている比良石にロンは言う。

「部屋に入れてもらうか、仕事を失うか。どっちがいいですか?」

比良石は心底うんざりした表情で、「誰なんだよ」とつぶやいた。むろん、ロンは答えない。

「……三階です。早く来てください」

観念したように言うと、比良石はエレベーターの上昇ボタンを押した。

比良石の自宅は三階の角部屋であった。十帖《じょう》ほどのワンルームである。室内は、お世辞にも片付いているとは言えない。ごみ袋や脱ぎ散らかした衣類が散乱している。ローテーブルの上は発泡酒の空き缶で埋め尽くされていた。マツの部屋より汚れている。

「きったな」

つい、ロンは口にしていた。

「人を呼ぶつもりはなかったので」

言い訳じみた口調で比良石が言う。足で衣類をどけて、どうにか座れる程度のスペースを作り出す。比良石は座椅子《ざいす》に腰をおろし、ロンは剝き出しのフローリングに座らせられた。座布団一つないらしい。

エコバッグを下ろした比良石が「で?」と言う。

「何が聞きたいんですか」

「あなたが菊地妃奈子に、何をしたか。知りたいのはそれだけです」

「どこまで知ってるんです?」

「聞いてるのはこっちだ。あんたに教えることはない」

あぐらをかいた二人は、至近距離でにらみあった。先に視線を逸《そ》らしたのは比良石のほうだった。エコバッグからダイエットコーラを取り出し、ペットボトルに口をつける。ロンの存在など気にせずげっぷをしてみせた。

「……菊地さんは、僕が担任を受け持ったクラスの生徒でした」

比良石が語りだしたタイミングで、ロンは手のなかに忍ばせたICレコーダーのスイッチを入れた。ここから先の発言は記録し、後で凪やマツにも聞かせることになっている。

「まじめで、成績はよかったと記憶しています。目立つタイプの生徒ではありませんでした。部活もやっていないようだったので、おそらく塾にでも通っているのだろうと思っていましたが……」

「やけに詳しいな」

「担任教師ですから。この程度は当然です」

比良石が心外そうに言う。

「クラスには、他にもっと手のかかる生徒もいます。生徒自身は普通でも、親が要注意という場合もある。そんななかで、菊地さんは手がかからない、と言っていい存在でした。

ただ……夏休みに入ってからはその印象も変わりました」

最初にヒナと比良石が目撃されたのが、夏休み中だった。

「七月下旬だったと思いますが……菊地さんから私に連絡があったんです。個人の電話番号ではなく、学校の番号に、ですよ。相談したいことがあるから、近日中に会えないか、というんです。しかも会うのは学外がいいと言われました」

比良石の顔には困惑が浮かんでいる。

「正直に言って困りました。特別な理由なく、学外で生徒と会うのは基本的に禁じられています。ましてや男性教員と女子生徒ですから、会っているだけで妙な噂を立てられかねない。断りましたが、どうしても、と押し切られてしまいました」

あのヒナが、そこまでして担任教師に相談したかったこととは何か。ロンには予想もつかない。

「横浜駅周辺のカフェで会うことになり、店で待ち合わせをしました。相談の内容は、他愛のないものでした。勉強に集中できないとか、そういうことだったと思います。アドバイスをして、一緒に店を出ました。そこから横浜駅に行くまでの間に、菊地さんがおかしなことを言い出したのです」

「なんですか」

比良石はコーラを飲み、首を曲げ、ため息を吐いて、ようやく続きを語った。

「援助してくれないか、と」

援助。その言葉の意味を、ロンは数秒遅れで理解した。

「……本当に、そう言ったのか？」

「そうですよ。嘘をついたって仕方ないでしょう。僕はなんのことかわからないふりをしましたけど、興味あるんでしょう、と菊地さんがしつこく言ってくるので困りましたよ。しょうがないから、適当にあしらって逃げました」

比良石の話が事実なら、ヒナは自分から援助を持ちかけたことになる。足元に暗い穴が開いた気がした。感情が追いつかないロンは、無表情のままだった。

「菊地さんと一緒にいるのを、誰かに見られてしまっていたようで……夏休み明けに生徒の間で、僕と菊地さんが不適切な関係である、という噂が流れてしまって。耳には入っていましたが、事実無根ですから無視していました。しばらく放っておいたら沈静化しましたが、秋になってまた菊地さんから連絡を受けて……」

沈静化したと言うが、須藤の話によれば水面下ではヒナへのいじめが横行していた時期だ。生徒たちのSNSでのふるまいまでは、比良石も把握していないようだった。

「その時は、どういう名目で?」

「どうしても話したいことがあるから、また外で会えないか、ということでした。さすがにもう勘弁してほしいと伝えましたが、当時彼女は不登校で、気になる存在ではあった。しかも電話口で泣かれてしまって……会って話をするだけだから、と念を押して承諾しました」

ヒナが不登校になっていたのは、同級生からのいじめが原因のはずだが、やはり比良石はそこには触れなかった。

「再び、週末に横浜駅周辺で待ち合わせをして会いましたが、その時はいきなりホテルへ行こうと、菊地さんのほうから誘ってきたんです。断ったら路上で泣かれるし、弱ってしまいました。なんとかなだめすかして、菊地さんを家に帰しました」

比良石は眉尻《まゆじり》を下げ、困り果てた、というポーズをとる。

「その後、再び誰かに目撃されていたようで、しかも今回は二人でいるところを写真に撮られていました。噂がまた再燃して、今度は他の教員の耳にも入りました。私は謹慎処分を受けて、戒告のうえに減給処分までされたんですよ」

「ヒナが――菊地妃奈子が退学したのは、その後ですね」

「冬休みに入る前です。本人は来ず、保護者の方が代理であいさつに来られましたね。毅《き》然《ぜん》とした対応ができなかったのは反省していますが、その件は私だって被害者ですよ」

比良石は怒りを隠そうとしなかった。鼻息荒くコーラを飲む。

「……どうして、比良石さんが何度も声をかけられたのだと思いますか？」

「ターゲットは私だけじゃなかったのかもしれませんよ。他の男性にも同じ話をしていたのかも。知りませんが」

それがもし事実なら、ヒナは不特定多数の男性に援助を持ち掛けていたことになる。

だが、にわかには信じがたかった。性格的にも、家庭環境的にも、ヒナがそういう行為に手を出すとは思えない。それに、比良石には気がかりな点もある。

「比良石さんは翌年、女子生徒から強制わいせつで被害届を出されましたね」

「あれだって、濡《ぬ》れ衣《ぎぬ》ですよ！」

唐突に、比良石は叫び出した。

「勉強を教えてほしいというから、放課後も居残って指導していたら……突然、悲鳴をあげて教室を飛び出していったんです。何がなんだかわからないうちに、警察に被害届を出されて驚きました。弁護士に相談したら、早く示談しないと起訴されかねない、と言われて、不本意ながら示談したんです。学校にも説明しましたが、菊地さんの件もあってクビにされました」

「そうですよ。きっと私を退職させるためだったんでしょうがね。こういう時は、女性よりも男性のほうが弱い立場なんです。男は社会的弱者です！」

再びコーラを飲む。空になったペットボトルを、比良石は無造作にローテーブルの上に置いた。また、ゴミが増えた。

ロンは考えていた。比良石の話には妙なリアリティがある。何よりも、比良石自身が被害者だと信じて疑わない様子である。一方で、本能的に不快感を覚えたのも確かだった。だいたい、なぜ比良石ばかりがそんな目に遭うのだろうか。高校教師とはそんなにリスクがある職業なのか。

「……僕の話を、疑ってるんですね？」

比良石が、憎々しげにロンを見ていた。図星だとは言えない。

「そういうわけではないですが」

「いや、そうですよ。親戚も、友達も、みんなそういう顔をします。悔しくてたまらない。でもこれは全部、事実なんです。あなたは知り合いだと言ってたけど、菊地妃奈子からこの件の経緯を聞いたことがありますか？」

「一度もありません」

「それが何よりの証拠ですよ」

ふん、と比良石が鼻息を漏らす。

「自分に非がないなら、素直に話せばいいだけです。それができないのは、彼女に都合の悪い内容だからですよ。僕はちゃんと話しましたからね。これで満足ですか」

ロンは何も答えられなかった。反論したいが、その言葉を思いつかない。

「用が済んだなら帰ってください。夕食もまだなんです」

比良石はこれ見よがしに、買ってきた弁当や発泡酒をテーブルに広げた。居座る理由も浮かばず、ロンは「失礼します」と部屋を後にした。比良石は見送ることもせず、早々に発泡酒の缶を開けていた。

夜の路上で、ロンはうめいた。

――いったい、何が真実なんだ？

録音した会話を二人に聞かせることを考えると、今から憂鬱だった。


「洋洋飯店」の店内は静かだった。

ランチタイムが終わり、客はもちろん、店主たちも休憩に入っている。店にいるのは、ロンとマツ、凪の三人だけだった。片隅のテーブル席に集まった三人は額を突き合わせて、ＩＣレコーダーから流れる会話に耳をすませていた。

「用が済んだなら帰ってください。夕食も……」

比良石の言葉を聞き届けて、ロンは再生を止めた。

「……以上」

他の二人は黙りこくっていた。マツは腕を組んで宙をにらんでいる。凪は目を閉じて頭を抱えていた。

「信じられない」

沈黙を破ったのはマツだった。

「信じられないけど、比良石の話したことが事実なら、ヒナがカラダを売ってたというのはデマじゃなかったことになる。ヒナが俺たちに何も話してくれないのも、そういう事情があるとしたら辻褄《つじつま》は合う」

「こいつの話を信じるの？」

凪が反射的に言葉を返す。

「信じるとは言ってない。ただ、無視もできない」

「私は絶対、信じない。ヒナちゃんの口から聞くまでは」

凪の声にはどこか悲痛な響きがあった。

「あんたたちだって、そう思うでしょ。あのヒナちゃんだよ。そんな子じゃない」

「信じたくないのはみんな同じだ」

「だったら比良石の言うことを肯定するような言い方しないで！」

「だからどうやったら反論できるか考えてんだよ！」

凪とマツが言い争うのを、ロンは黙って見ているしかなかった。どちらの意見もわかる。心情的には、ヒナが援助などと言い出すはずがないと思う。しかし、比良石の話を否定する材料がない。

結局、ヒナ自身が口を開かないことには何もわからない。

ただし、比良石と会ったことである仮説を思いついていた。

「……聞いてほしいんだけど」

つぶやくと、二人の視線が同時にロンへ向けられた。

「そもそもの目的は、例のツイートの犯人を見つけることだったよな？」

「あのデマツイートな」

マツが言う。〈菊地妃奈子は犯罪者である〉という悪質な投稿だ。

「犯人はヒナに強い恨みを持っている人間だと想定して、調べてきた。この犯人像はそう間違っていないと思う。みんなもそうだよな」

凪が「何が言いたいの？」と言う。

「今まで調べてきたなかで一番ヒナに恨みを持っている人間は、比良石じゃないか？」

二人とも黙った。ロンの意図することが伝わったようだ。

比良石の話がどの程度真実であるかは判断できないが、アパートで話していた時、あの男が怒りを表明していたのは間違いない。

凪が眉をひそめる。

「比良石が、ヒナを恨んで投稿したってこと？」

「俺はあり得ると思う」

マツが「でも」と言った。

「やるならヒナじゃなくて、退職の原因になった女子生徒のほうじゃないか？　そっちのほうが、恨みが深そうだ」

「いや。そっちの女子生徒は被害届を出したこと自体、同級生に話していないらしい。須藤も、比良石が退職した理由は知らなかった。もし比良石がその女子生徒の実名を出したら、せっかく表に出ていない不祥事まで知られかねないし、犯人が比良石だってすぐバレる。その点、ヒナの悪い噂はすでに広まっている。だから誰の仕業かわからない」

比良石に言わせれば、戒告や減給を食らったのはヒナのせい、ということになるだろう。なぜ騒動から五年経った今になって、という疑問は残るが、彼にはヒナの名誉を傷つける動機がある。

「でもそれを罪にできるかも、ヒナちゃん次第なんだよね」

凪が寂しげにつぶやいた。

名誉毀損や侮辱が親告罪である限り、ヒナが告発しなければ罪にはならない。それは欽ちゃんが以前説明した通りだった。

「……俺らがどれだけ駆けまわっても、意味ないってことか？」

マツの独り言が宙に溶けた。

テーブルの上に湿った沈黙が落ちる。三人の肩に重い徒労感がのしかかる。今になって、欽ちゃんの言っていたことが思い出される。

——ロンには、ロンにしかできないことがある。

「俺たちがやるべきなのは、ヒナの過去を調べることじゃなかったのかな？」

ロンの問いかけに答える声は、なかった。

＊

半分も食べていないのに、もう入らなかった。

お腹《なか》いっぱいという感じではない。とにかく食欲が起こらない。茶碗《ちゃわん》によそったご飯の盛りは小さいし、サバの塩焼きだって半身の半分しかない。それでも、とてもじゃないけど完食することができない。

少し前まではこうじゃなかった。あの投稿があるまでは。

そっとスライドドアを開けて、食器を載せたお盆を部屋の外に出す。最近は両親とすら顔を合わせるのが苦痛だった。ドアの向こうに母の気配を感じたけど、顔は出さず、お盆だけを滑らせる。

「ごちそうさま」

そう伝えるのが精一杯だった。ハンドリムを回してデスクへ戻ろうとした瞬間、ドアの向こうから「妃奈子」という母の声が聞こえた。

「手紙が届いているの。渡してもいい？」

こちらの機嫌をうかがうような声音だった。やめてほしい。気を遣われるほど申し訳なくなり、自分を責めたくなる。

「……誰から？」

「龍一くん」

はっとした。七月以降、電話やメッセージはさんざんもらっていたけど、ロンちゃんが手紙をくれるのは初めてだ。はやる気持ちを抑えた。

「そこに置いといて。後で取るから」

「妃奈子に手渡したい。開けてくれる？」

私の顔が見たいのだろう。ためらいはあった。けど、ロンちゃんからの手紙を早く読みたい、という気持ちが勝った。

「わかった」

ドアに手をかけて、ゆっくりと開いた。封筒を両手で持った母が、緊張した顔つきで立っていた。心臓がどくどく鳴っている。直接顔を合わせるのは五日ぶりだ。

「……これ」

うやうやしく差し出された封筒を受け取る。無機質なベージュの封筒だった。

「ありがとう」

「直接、うちの郵便受けに入れたみたい。切手がないから」

母が言う通りだった。封筒の表には〈菊地妃奈子様〉と記されているだけで、住所すらない。裏に書いてあるのも〈小柳龍一〉だけ。お世辞にもきれいとは言えない字だった。ロンちゃんから手書きの手紙を受け取るなんて、いつぶりだろう。最後に年賀状をくれたのは何年前だったか。

ドアを閉めようとすると、再び母が「妃奈子」と言った。

「食べたいもの、ない?」

「え……なんで?」

「妃奈子が好きなものなら食べられるかと思って」

顔が熱くなった。やっぱり母は、私のことを心配している。いい年をして親に心配をかけている自分が恥ずかしくなった。頭が真っ白で、何も浮かばない。ふと手元を見ると、ロンちゃんの下手な字が目に入った。

「翠玉楼《すいぎょくろう》の酸辣湯《サンラータン》が食べたい」

言ってから、なんでこんなこと言ったんだろう、と思う。ロンちゃんの実家である「翠玉楼」は、昨年閉店してしまった。あのお店の酸辣湯は絶品で、中学生のころまではよく食べに行っていた。閉店する前に食べられなかったことをなぜか今になって思い出し、とっさに口にしてしまった。

母は見るからに戸惑っていた。当たり前だ。「翠玉楼」はもうないんだから。

ああ、また困らせちゃった。私はなんてバカなんだろう。それ以上、母の顔を見ているのが辛くてドアを閉めた。

デスクに移動して、糊付《のりづ》けすらされていない封筒を開ける。なかには折りたたまれた便《びん》箋《せん》が一枚だけ入っていた。

〈ヒナが江口千代に手紙を書いていたのを思い出して、俺も書いてみることにした。ただ、何をどう書いたらいいのかわからない。とりあえず、昨日は横スタで警備のバイトだった。今年のベイスターズはかなりがんばっていると思う。〉

一読して思わず、ふっ、と笑った。小学生の日記じゃないんだから、と心のなかでツッコミを入れる。何度か読み返し、便箋を丁寧に折りなおしてから、封筒と一緒に引き出しのなかへしまった。

それにしても、手紙をくれるなんてどういう風の吹き回しだろう。そのうち、また手紙をくれるだろうか？

久しぶりに、停滞している株価チャートを覗いてみることにした。数分前より少しだけ、心が浮き立っているのがわかった。

翌日。

午後六時過ぎ、ドアの外から「妃奈子」と母の声がした。

「なに？」

「さっき龍一くんが来て。よかったら食べて、って」

嘘。まさか。

すぐにスライドドアを開けると、両手でお盆を持った母が立っていた。そこにはラップをかぶせた白いボウルとレンゲが載っている。母は口元をほころばせていた。

「翠玉楼の酸辣湯。妃奈子のために、特別に用意してくれたんだって」

びっくりした。びっくりしすぎて、すぐに声が出なかった。

「……どうやって」

「龍一くんがおじいさんにお願いしたみたい。昔は翠玉楼のシェフだったらしいから」

なるほど。でも、私だけのためにわざわざ作ってくれたなんて申し訳ない。私は、そんなに価値のある人間なんだろうか。私にはこの酸辣湯を食べる権利があるのだろうか。

「部屋に入ってもいい？」

なりゆきで「うん」と答える。母がデスクにお盆を置いてくれた。それから、昨日と同じ無地の封筒を私に差し出した。

「あと、この手紙も」

「ロンちゃんから？」

母がうなずいて部屋を出ていく。ボウルと手紙を見比べて、先に手紙を読むことにした。折りたたまれた便箋を広げる。ロンちゃんの字だった。

〈じいさんに、二十年ぶりに作ってもらった。本人は「味の保証はしない」って言ってたけど、そこそこおいしいと思う。食べたら正直な感想を聞かせてほしい。〉

その文面だけで泣きそうになった。

どうして私のことを忘れてくれないんだろう。どうしてそこまでしてくれるんだろう。ボウルはまだ温かい。ラップを外すと、白い湯気と一緒に食欲を刺激する香りが立ち上った。とろみのついたスープに、溶き卵の黄色が鮮やかだった。具は豆腐、シイタケ、タケノコ、キクラゲ。刻んだ唐辛子の赤色もきれいだ。

レンゲを取る前に両手を合わせた。一人きりの部屋に「いただきます」という声が響く。スープをそっとすくいとり、一口すする。お酢の酸味と花椒《ホアジャオ》の痺れるような辛さ、卵のまろやかさが相まって、舌を喜ばせてくれる。豆腐やシイタケは滑るような食感で、つるつるといくらでも喉《のど》の奥に入っていく。懐かしい味。何度も「翠玉楼」で食べた、あの味だった。

私は一心不乱に酸辣湯をすすった。誰かに見られたら恥ずかしいと思うくらい、食べることに夢中だった。十分もかからず、ボウル一杯分の酸辣湯を完食した。ふう、と息を吐く。全身にうっすらと汗をかいていた。目の縁からこぼれた涙が頬を流れて、汗と混じりあった。

そこそこおいしい、なんてもんじゃない。すごく、すごくおいしい。

食器を出すためにドアを開けると、すぐに母が来た。ボウルのなかを見るなり、母は嬉《うれ》しそうに「すごい」と言った。

「空じゃない。全部食べられたの？」

「子どもじゃないんだから」

照れくさくなり、食器を渡してすぐに部屋へ戻った。

文房具入れから、中学生のころに買った便箋を見つけだした。江口さんへの手紙もこれで書いた。ロンちゃんへの返信は何を書こう。

ボールペンを手に、しばらく考えを巡らせた。

それから、ロンちゃんとの文通がはじまった。

一日おきに、私とロンちゃんで手紙を送りあう。ロンちゃんは毎回マンションに来て郵便受けに入れているようで、切手が貼《は》られていたことは一度もなかった。私は母に「郵送でいいから」とお願いして手紙を渡したけど、母も直接ロンちゃんの家まで行っているようだった。

「郵便局に行くのも、中華街に行くのも変わらないから」

母はそう言い訳したけど、本当は、少しでも早くロンちゃんのもとに手紙を届けてくれようとしているのかもしれない。

内容は他愛ないことばかりだ。ロンちゃんが書くのはだいたい、警備のアルバイトでの出来事か、ベイスターズの戦績か、おじいちゃんへの不満だった。私はそれにコメントを返すくらいだ。私の日常には、特筆すべきことなんて何も起こらない。

大したことのない内容でも、誰かから手紙が来るのは嬉しかった。私はロンちゃんからの手紙を心待ちにするようになった。

でも文通がはじまって十日ほど経ったあたりで、ひどく申し訳なくなった。私なんかのために、手間のかかることをしてほしくなかった。

〈こんなに手紙書くの大変でしょう。無理して書かなくていいよ。〉

そう書いて送った。送ってから、なんでこんなこと書いちゃったんだろう、と後悔した。

手紙が来なくなったら悲しむのは自分なのに。

ロンちゃんからの返信は次の日に来た。

〈俺はやりたくてやってる。もしやめる時が来るとしても、自分で決める。〉

私は心から安心した。まだこの文通を続けられる。

ロンちゃんは、私の過去について何も聞こうとしなかった。体調やメンタルを確認するようなこともなかった。ただただ、何気ない話題を手紙に書いていた。それが私には心地よかった。

文通がはじまって一か月が経った。日付は十月になった。便箋は残り二枚になっていた。

〈みんなに言わなきゃいけないことがある。〉

そう書いてから、この手紙を出すべきかどうか悩んだ。その日は手紙を出すのをやめて、もう一日悩んだ。

怖かった。今の姿を見せてしまえば、関係が変わってしまうような気がした。同情されることすらいやだった。でも、もしかしたらロンちゃんなら、フラットに受け入れてくれるかもしれない。一か月間の文通でそう思いはじめていた。

私は手紙を出すことにした。母に渡す手が震えた。

「これ、出していいのね？」

母に確認されたが、私は黙ってうなずいた。

返事は翌日、来た。

〈いつ、誰に言うか、ヒナが決めればいい。俺はいつでも聞くから。〉

最後の便箋を使って、返信を書いた。母に渡す手はもう、震えなかった。

〈この手紙が届いた日の午後七時、マンションの前まで来てほしい。ロンちゃんひとりで。〉

＊

十月の夜には、まだ夏の名残があった。

ロンは指定よりも早い六時半から、マンション前の路上で待っていた。管理人らしき男性に不審げな目で見られ、「待ち合わせです」と言い訳した。

ヒナと会うことはマツにも凪にも伝えていない。抜け駆けっぽくて後ろめたいが、言えば手紙の内容を漏らすことになるし、ひとりで来てほしいというヒナの気持ちを尊重するべきだと判断した。

ロンは、柄にもなく緊張していることを自覚していた。

ヒナとじかに対面するのは五年ぶりだ。最後に会ったのは、たしか高校一年の夏。久しぶりにマツと三人で集まって、各々の高校生活を話し合ったのだった。何を話したのか、どこで会ったのかも記憶にない。

　高校が違うため会う頻度は減ったが、それまでと同じような関係が続くのだと思っていた。ヒナが自宅から出られなくなり、それから五年も会えなくなるなんて、思ってもみなかった。

　中学までのヒナは勉強ができて流行に詳しく、気が強い女子だった。今でも表面的にその性格は変わっていない。

　ただヒナを構成する本質の部分は、確実にどこかゆがんでいる。何かがヒナを変えた。高校一年の時に起こった、何かが。

　路上からエントランス内部は見えない。住民が現れるたび、ロンは振り向いた。約束の時刻に近づくにつれ、視線の動きが素早くなっていく。

　午後七時。ヒナはまだ現れない。腕を組んだロンは、彼女が現れるはずの自動ドアをにらんでいた。

　それからさらに三十分が経過した。

　ふいに、エントランスの自動ドアが開いた。

　車いすに乗った女性が現れた。長い黒髪に、白い肌。秋らしい栗《くり》色のブラウスに、ロングスカートという服装であった。

「ヒナ」

ロンは視線が合った瞬間、名を呼んでいた。

返答はない。照明の下、彼女は血の気の引いた顔で黙ってロンを見ている。青紫色の唇は震え、両手は爪《つめ》が白くなるほど強く、アームサポートをつかんでいた。ヒナは耐えきれなくなったように、目を伏せた。

「……ごめん」

今にも泣きだしそうな声だった。

「なんで謝るんだよ」

「こんな姿で、ごめん」

謝罪する意味がわからないロンは、とっさに返答できなかった。ヒナが続ける。

「足が動かなくなったこと、家族以外の誰にも言えなかった。ずっと怖かった。こんな私を見たら、ロンちゃんたちは私を友達だと思ってくれなくなる。軽蔑《けいべつ》か同情の対象になっちゃう。そうなったらもう、対等じゃいられない」

「そんなことない。軽蔑も同情もしない」

ヒナの声の震えがだんだん大きくなる。それでも覚悟を決めてきたのか、語ることをやめようとはしない。

「少し前、みんなでうちに来てくれたよね。その時に気付いてた？」

「そうかもしれない、とは思った」

「なんで車いすでの生活になったと思う?」

ロンには答えられなかった。

「……わからない」

「じゃあ、言うけど」

ヒナは一拍置いてから、肺の空気を無理やり押し出すように言った。

「自殺しそこねたんだよ、私」

同時にヒナの目の縁に涙が溜《た》まっていく。

「耐えられなかったの。あの男にされたことも、ありもしない噂を流されることも、何もかも。だから中退した直後に、ふらっと大型トラックの前に飛び出したの。死ねば終わる。死ねば楽になる。そう思ったけど、死ねなかった。下半身が動かせなくなって、親に迷惑かけながら、それでもまだ生きてる」

ロンの頭のなかでは、驚きと悲しさと怒りが渦を巻いていた。すぐにでも、何かを言わなければいけない。それなのにうまく言葉にできない。どうにか口にしたのは、自分でも情けないほど凡庸で無意味な一言だった。

「……悩んでたなら、俺に言ってくれ」

「言えないよ!」

夜の路上にヒナの絶叫がこだました。

「私、あの男からいいように身体触られて、そのうえで援助交際してるとか噂流されたんだよ。そんなこと言えると思う?」

ヒナは泣きながら叫んでいた。ロンは目を閉じ、爆発しそうになる怒りを抑える。あの男、というのが誰を指すのかは言うまでもなかった。

「ヒナは……あいつから、そういう目に遭わされたんだな」

「そうだよ。夏休み、いきなり横浜駅の近くに呼び出されて。どうでもいい会話の後で、ホテルに誘われて。裏道でいきなり身体触られたから、怖くなって逃げた」

比良石の話では、ヒナから援助を持ちかけられたことになっているが、真逆である。ロンは感情を殺し、冷静にうなずいた。

「辛かったな」

「辛かったよ。そんなこと、誰にも言えなかった。二度と思い出したくないし、教師からそういう目で見られている女だと思われるのもいやだった。それなのに、休みが明けたらなぜか私から誘ったことになってて……触れたくもないから黙っていたら、さらに噂に尾ひれがついて、学校にいる全員が敵に見えて。登校できなくなった」

教室のなかでも、SNSでも、ヒナは追い詰められた。被害者でありながら、加害者であるかのような風評を流され、生徒たちの暇潰《ひまつぶ》しに消費された。

「不登校になってすぐ、またあいつから呼び出されて……担任として面談が必要だから、

「罪を罪だと自覚させる」

ロンが求めているのは私刑ではない。おそらくはヒナも。

裁かれるべき人間が裁かれ、救われるべき人間が救われること。この社会がルールに沿って機能すること。それだけを二人は望んでいた。

「俺たちの生きている世界がまっとうだってことを、思い知らせてやる」

ヒナはいつからか、泣くのをやめていた。

誰もが強く生きられるわけじゃないし、それが正しいわけでもない。ただ、ヒナはそう生きることを決意した。


十一月なかば。すでに例の投稿から四か月が経過していた。

午後九時半、比良石一彦が自宅アパート近辺に現れた。勤務先からの帰路、手には見覚えのあるエコバッグを提げている。児童公園で待機していた三人の男のうち、ひとりが比良石の行く手をはばむように立ちはだかった。

「お久しぶりです」

ロンは街灯の下で、呆気《あっけ》にとられる比良石の顔を見た。

「覚えてますか」

「……帰ってください」

「少し話がしたくて、来ました」

「帰れって。警察呼ぶぞ」

「構いません。警察を呼ばれて困るのは比良石さんのほうですから」

たじろぎながらも、比良石はにらみ返してくる。

「何言ってんだ、あんた」

「犯罪者はお前のほうだって言ってんだよ」

そう告げたのは、比良石の背後に立ったマツである。

打ち合わせでは、マツは比良石が逃げないよう見張る役で、会話はロンが進めることになっていた。それなのに我慢できず割り込んできたのだろう。いつの間にか屈強な男が立っていたことで、比良石はあからさまに驚いていた。

「なんだ。こいつの仲間か」

「そうだよ。いいから黙って聞いてろ」

「あー、もういい。結論から言う」

不毛なやり取りを遮り、ロンは言った。

「比良石一彦さん。あんたは強制わいせつで告訴された」

ぽかんとした顔で、比良石がロンを見る。

「は？　何を根拠に……」

「菊地妃奈子が警察で証言した。五年前、二度にわたって胸を触ったり、後ろから抱きついたりしたそうだな」

比良石はわずかに目を泳がせたものの、すぐに鼻息荒く反論した。

「菊地の嘘だ。売春していた過去をごまかしたいだけだ」

「過去をごまかしたいのはそっちだろ」

「うるさい。だいたいそんな昔のこと、警察がまともに取り合うわけがない」

「……なぜそう思うのですか」

言いながら、児童公園で待機していた最後のひとりが近づいてきた。ぼさぼさの頭に、けだるそうな歩き方。眠たげな瞼《まぶた》の奥で視線が強い光を放っている。

「強制わいせつの公訴時効は七年です。五年経とうが六年経とうが、警察はまともに取り合いますよ」

「次から次へと、誰なんだよお前らは」

三人の男に囲まれた比良石は、もはや動揺を隠そうとしない。

「神奈川県警の岩清水です」

欽ちゃんが警察手帳を示すと、比良石はとっさに前後を見た。前にはロン、後ろにはマツ。逃げ場はない。蒼白《そうはく》だった顔に血が上り、赤黒く染まっていく。

「そんなの、菊地が嘘ついてるだけだ！　証拠はないだろう！」

「あなたはその点、周到でしたね。彼女へ連絡した痕跡《こんせき》が残らないよう、メールやメッセージではなく、電話などで呼び出していた」

「ほら。物証はないんだろう？」

いくらか落ち着きを取り戻した比良石が、口元を緩める。だが欽ちゃんは冷たい表情でその先を続けた。

「勘違いしているようですが、強制わいせつでは被害者の供述調書が直接証拠となります。供述の信用度が高いと判断すれば、通常逮捕も起訴も可能です。そもそもの話として、物証は必ずしも必要ではないということです」

少し前、ロンたちも欽ちゃんから同じ話を聞いていた。監視カメラの映像や目撃者の証言といった客観的証拠がなくても、加害者を強制わいせつで裁くことは不可能ではないという。素直に感心するロンたちを横目に、同席していた凪は「当たり前でしょ」と言っていた。

しかし比良石には受け入れがたい論理だったらしい。口の端に泡を溜めて、「ふざけるなよ」と怒鳴る。

「証拠もないのに一般市民を逮捕していいと思ってるのか？」

「証拠がない、とは言ってません」

欽ちゃんの答えに、比良石は今度こそ絶句した。

「被害者は五年前の秋、あなたから電話で呼び出された際の会話を録音しています。もともとは、自分が援助交際をしているという不名誉な噂が嘘であることを証明するためだったようですがね。会話のなかであなたは、いやがる被害者を脅迫的な手段で執拗《しつよう》に呼び出している。少なくとも、あなたが周囲に話していたストーリーとは大いに乖離《かいり》があるようです」

「…………」

「詳しくは移動した先で話しましょう」

とうとう抵抗することをあきらめたのか、比良石は欽ちゃんに連れられるまま、素直に警察車両の待つ路地へと歩き出した。

「比良石さん」

ロンが呼ぶと、比良石は力なく振り向いた。濁った目には恨みがこめられている。

「今でも、男は社会的弱者だと思いますか？」

比良石は口を曲げた。不満を表しているようにも、笑っているようにも見えた。

「……冤罪だ」

一言つぶやいて、ロンに背を向ける。それ以上は何も語ろうとしなかった。

欽ちゃんと比良石が去ると、通りは静けさを取り戻した。

「あんなのでよかったのか？」

マツがぽつりと言った。

「もっと言ってやったほうがよかったんじゃないか」

「十分。あとは欽ちゃんに任せた」

比良石の逮捕に際して、ロンは自分をその場に同席させてほしい、と欽ちゃんに懇願した。余計なことをするつもりはない。ただ、比良石が自分の罪と向き合う瞬間を見ておきたい。きっと、それはヒナにとっても重要な瞬間になるはずだから。そう力説した結果、欽ちゃんは「偶然居合わせた」ということにして、ロンとマツの同席を黙認した。

ロンが夜の路上でヒナと対面してから、およそひと月が経っていた。

あの後、欽ちゃんはヒナはロンが同席することを条件に、欽ちゃんに事の経緯を明かすことを決めた。欽ちゃんはヒナの訴えを正式に告訴として扱い、刑事事件の容疑者として比良石の身元を徹底的に調べた。ヒナが保管していた電話記録や比良石の過去の行いなどから、強制わいせつ罪に問うことができると判断、逮捕に踏み切った。

加えて、ヒナはツイッターの投稿についても告訴している。プロバイダ経由で調査すれば、じきに投稿者の身元がはっきりする。

「ツイッターの投稿も、絶対あいつだろ」

並んで夜道を歩きながら、マツが言う。

「ヒナに恨みを持ってるやつなんて、比良石くらいしかいないだろ。なんでこのタイミングでやったのかはわからないけど」

「自分の人生がうまくいってない時は、誰かを貶めたくなるんじゃないか」

「そういうもんか」

ロンは数日前、欽ちゃんから密《ひそ》かに捜査の状況を聞いていた。

――比良石、塾での評判がよくないらしい。

警察の内偵によれば、比良石は勤務先の個別指導塾で、生徒の側からたびたび変更を申し出られているという。性被害に遭ったという生徒は今のところおらず、ただただ「教え方が下手だから」という理由らしい。

――事務から本人に、このままだと契約更新はできないって伝えたらしい。

比良石も彼なりに、生きづらさを抱えていたのかもしれない。だが、それは他人を傷つけていいという免罪符にはならない。ましてや、過去の罪と向き合いもせず、自らそれをネタに侮辱するような真似は許されない。

「誰の仕業だとしても、いずれ罰が下る」

つぶやくと、「そうあってほしいな」とマツが答えた。

これからロンには、ヒナへの報告が待っている。ヒナを苦しめ続けた男にはしかるべき罰が下る。その事実が彼女を少しでも勇気づけることを、ロンは願っていた。

十一月下旬。

長袖のTシャツにフリースという服装では対抗できない寒さになってきた。ロンは首をすくめ、両手を袖のなかに入れた。腿《もも》や脛《すね》に触れるジーンズの生地が冷たい。約束の午後五時は過ぎている。とうに日は沈み、中華街の方角では盛大にネオンが光っていた。

ロンは黙って路上で待ち続ける。

それから二十分が過ぎ、ようやく自動ドアが開いた。車いすに乗ったヒナが、急いでロンのほうへ近づいてくる。厚手のカーディガンに艶《つや》のあるロングスカートだった。

「ごめん。外出るのに、何着たらいいかわからなくなって」

「……別に、待ってないから」

隣に並ぼうとしたヒナに、ロンは「押すよ」と声をかけた。ヒナは「いいって」と慌てて言う。

「自分で動けるから。気にしないで」

「押されると、いやか？」

「いやじゃないけど……」

結局、ロンが押し切る格好で後ろに回った。両手で手押しハンドルを握り、足に力をこめて前進する。はじめは肩に力が入っていたヒナも、話しながら進むうち、次第にリラックスしてきたようだった。

「ロンちゃん、押すのうまいね」

「そうなのか？」

「うん。うまい、うまい。マツは下手そうだなぁ」

この場にいないのをいいことに、ヒナは勝手なことを言っている。

「二人とも待ちくたびれてるかな？」

「いいんだよ、待たせといて」

「大丈夫かな？　マツと凪さんって、性格的に合わなそう」

「意外と、飲むと盛り上がるんだよ」

徐々に中華街の喧騒《けんそう》が近づいてくる。ロンたちが向かっているのは「洋洋飯店」だった。一応、名目は「ヒナの五年ぶりの外食を祝う会」ということになっている。店で待っているマツや凪は、ヒナが車いすであることこそ知っているものの、対面ではまだ会っていない。

ネオンの下で横顔を盗み見れば、今夜のヒナは念入りにメイクを施しているようだった。朝陽門を抜け、観光客を避《よ》けながら二人は進む。時おり、車いすのヒナに無遠慮な視線を向ける通行人がいた。ヒナは一度も顔を伏せることがなかった。

「私、これがハッピーエンドだなんて思ってないから」

唐突に、ヒナが前を向いたまま言った。

「どういう意味？」

「あいつに狂わせられた人生は二度と戻らない。どんな判決が下っても、どんな罰を受けても、私の時間は巻き戻せない。だから死ぬまで許さないし、心から納得できるハッピーエンドは永遠に来ないと思う」

ヒナの声は路上で泣きながら語っていた時よりやわらかいが、その固い音には強靱《きょうじん》さがひそんでいた。

「ただ、もしかしたら、こんな自分でも生きていていいのかなって気はしてきた」

後ろから車いすを押していると、ヒナの表情が見えない。だがロンはあえてその顔をたしかめず、想像するに留《とど》めた。きっとヒナは、その大きな両目で前だけを見ている。だからロンも同じ方向を見る。まっすぐ、前だけを。

夜の「洋洋飯店」は繁盛していた。

客が出入りする引き戸の前で、ヒナは「ちょっとだけ待って」と言った。彼女は深呼吸をしながら、マツや凪と会うために心の準備をしていた。店先には甘酢の香ばしい匂いが漂っていた。

「行こう」とヒナが言う。

ロンは引き戸を開けて、車いすを押して店内に入る。いらっしゃいませー、という、マツの母親の間延びした声が響く。片隅で凪が立ちあがって手を振った。混雑する店内を細かく動きながら、テーブル席まで車いすを運ぶ。

「……は、はじめまして」

正面から凪と向き合ったヒナは、上ずった声で言った。

「初めてじゃないって、オンラインでは会ってるでしょ。ちょっと、やっぱり実物のほうが百倍かわいいんだけど。タイプすぎて怖い。やだ。目、合わせられないかも」

凪は一人で勝手にはしゃいでいる。

置いてけぼりにされた格好のマツが「俺もいるんだけど」と言っていた。ヒナが「ごめん、ごめん」と笑いかける。

テーブルにはすでに酢豚やサラダ、良三郎が作った酸辣湯が並んでいた。

「とりあえずメシ食おう。腹減った」

ロンは我先に、自分の小皿に唐揚げを取りはじめた。マツは厨房からジョッキを二杯、運んでくる。凪はその片方を受け取っていち早く飲みはじめた。マツが「まだ乾杯してないだろ」と指摘すると、「泡だけだから」と言い張る。そのやり取りを見て、ヒナが小さく笑った。

ロンは唐揚げを頬張り、炒飯《チャーハン》をかきこみながら思う。

ヒナが言う通り、真のハッピーエンドが来ることはないのかもしれない。壊された人生は完璧にはやり直せないし、どんな罰を受けようと加害者への憎しみに終わりはない。すべてがすっきり一件落着、とはいかない。

それでもやっぱり、生きることには価値がある。死んでしまえば中華街の喧騒は味わえないし、酸辣湯も食べられない。生きることが素晴らしいとまでは言わないけど、生きていなければできないことはある。

鶏肉《とり》の濃厚な脂が舌の上に広がった。

「今日の唐揚げ、うまいな」

「いつもうまいだろ」

マツのツッコミに「そうだった」と応じながら、ヒナの横顔をうかがう。

今まさに飛び立ちはじめた彼女の笑顔は、ロンの網膜に焼きついて離れなかった。

3. チートな俺

俺《おれ》たちには時間も金もない。だから、できるだけ効率的にやらなきゃいけない。すべてのことを。

大学の授業は何人かでグループを作って、毎回代表で一人だけ出席。そいつが全員分代返すれば、出席したことになる。他のメンバーはその分の時間をバイトや遊びやサークル活動に使える。まじめに出席して、勉強しているやつが不思議でならない。いったい、何をしに大学へ来ているのだろう?

映画やドラマみたいなコンテンツは、サブスクで見られる。いくつ見ても同じだから三倍速くらいで視聴して、合わなければ速攻で切る。会話についていくために必要なコンテンツだけは、しょうがないから倍速で見るか、あらすじを調べて済ませる。マンガは少しネットを漁《あさ》れば海賊版サイトで読める。それか、無料で読める分だけ読めばそれでいい。

女の子と遊びたければマッチングアプリがある。知り合いは別れた後が面倒くさいし、いちいちデートして、お互いの意向を探るのも大変だ。アプリで会えば、お互いにそういう意思があるとはっきりしているから効率がいい。

でも、効率が悪いと思いながら続けていることもある。たとえばバイト。

深夜のスーパーマーケットで週に三日働いているけど、拘束《こうそく》時間の割に稼ぎが少ない。はっきり言って効率はよくない。

居酒屋でサークルの友達と飲んでいる時も、バイトの話になった。俺の他に同期の男子が一人、女子が二人。

「深夜のスーパーのバイト、眠いし疲れるくせに全然儲《もう》からないから辞めようと思ってるんだけど」

「月どれくらいもらってるの？」

「八万とか」

「安っ。生活できる？」

「バイト変えたら？」

女子二人は声をそろえて同調してくれた。黙って聞いていた男友達が「辞めなくても、収入上げる方法あるよ」と言い出した。

「嘘《うそ》。シフト増やすとか、そういうのじゃないよな」

「違うって。お前のバイト先、ＱＲコード決済対応してるよな？」

「今時、してない店ないだろ」

ＱＲコード決済には二通りある。客のスマホに表示されたコードを店が読み取る方法と、店頭に掲示したＱＲコードを客に読み取ってもらう方法。うちのスーパーは両方対応している。そう説明すると、友達はふんふんとうなずいた。

「二番目の方式で決済する人って結構いる？」

「客に読み取ってもらうほう？　一晩で何人かはいるけど」

「なら、いけるな」

友達は片頬《かたほお》を上げて笑った。にやっと音がしそうだった。

「どういうこと？」

「上から別のＱＲコード貼《は》り付けちゃえばいいんだよ」

友達が言うには、アプリやサイトでＱＲコードを簡単に自作できるらしい。その機能を使って、まずは自分の口座に振り込ませるＱＲコードを作る。シール用紙にそのコードを印刷して、あとは店のコードの上から貼るだけ。これで準備は完了。

「客は店頭のコード読み取って、そこから支払うだろ。店頭のコードだと店に金が入るけど、その偽コードを貼っておけば、お前の口座に金が入る。店に流れるはずの金を、お前が直接もらえるの」

理屈はわかってきた。

「……つまり、売上横取りするってこと？」

友達が「お前な」と身を乗り出した。

「今の収入に満足してないんだろ？　雇い主の金払いが悪いと思ってるんだろ？　どうせ真正面から交渉しても時給なんか上げてくれないんだからさ。売上の一部もらうのは、正当な対価だよ。深夜に頑張って働いてるんだから、それくらいは許されて当然だよ。どうせバレないし」

たしかに、話を聞いている限りではバレそうになかった。現金を盗めばレジ締めですぐわかるけど、ＱＲ決済の売上はいちいち確認していないはずだ。

「バレないかな？」

「大丈夫。一晩で何人かしかいないんだろ。一万円くらいのずれなら体感できない。絶対わかんないって」

仮に一晩一万円として、一か月で三十万円。本来のバイト代と合わせれば、月の収入は四十万円近くなる。

「なんか、やっと適正価格って感じがする」

「だろ？　さっさとやっちゃえよ。それだけバイトして八万って、効率悪いだろ」

その通りだ。

効率が悪いことはできるだけしたくない。俺たちはそんなにヒマじゃないし、金があればバイトの時間を減らして別のことに使える。今はまだ、「別のこと」が具体的に何なのか思いつかないけど、時間が空けばやることは自然と出てくる。

飲み会の後、家に帰って調べてみた。たしかにＱＲコードを作ることはできそうだった。勢いのままサイトでコードを作成して、次の日にはシールを作った。そのシールを持参してバイトに行き、店頭のＱＲコードの上から貼りつけた。

待望の客はすぐに来た。中年の女性がスマホを店頭のコードにかざしている間、心臓がバクバク鳴っていた。客は何の疑問も抱かず、金額を入力してスマホの画面を俺に見せた。「確認しました」と告げると、すぐに操作を完了した。商品をトートバッグに入れた客が去っていく。

成功だ。ほんの千数百円だが、あっけないほど簡単だった。

「ありがとうございました」

心からの感謝を告げて、客を見送った。

俺は感動していた。おそろしくチートな錬金術を見つけてしまった。罪悪感はない。現金を盗んだわけではなく、数字の行き先が変わっただけなんだから。その夜だけで俺は九千円分の臨時収入を得た。

もう、知る前には戻れない。

一週間経《た》っても、二週間経ってもばれる気配はなかった。俺がバイトに入っていない日であっても、口座には客からの支払いが着々と振り込まれ続けた。

大っぴらになれば犯罪に問われることはさすがにわかっていたから、友達や知り合いにもこのことは話さないようにした。居酒屋で俺にこの方法を勧めてきた友達にさえ「面倒くさいからやっぱりやめた」と伝えた。情報が洩《も》れる心配はない。

ひとまず一か月が過ぎた時点でシールを剝《は》がした。こういうことは、ばれていないうちにやめるのが賢いやり方だ。発覚してからでは証拠が残る。

それでも収入は十分だった。一か月でおよそ二十八万円が俺の口座に振り込まれた。これまでを考えれば、破格のバイト代だ。とりあえず、手が届かなかった限定のスニーカーを買って、女の子と一緒に高級ホテルに泊まった。外食したりちょっといいブランド物を買ったりするうち、あっという間にお金は目減りしていく。

ある日、バイト先の社員に呼ばれた。

「QRコードの決済が、一部計上されてないみたいなんだよね。なんか知らない？」

しらを切ったけど、内心では冷や汗をかいていた。欲張らず、剝がしておいたのは正解だった。

この出来事以来、バイト先で同じことをやるのは怖くなった。かといってこんなにおいしい稼ぎを手放すわけにはいかない。色々と考えた結果、俺は気付いた。

——別にバイト先でなくたって、いいじゃん。

適当な飲食店のQRコードを、勝手に乗っ取ってしまえばいいんだ。名案だった。飲食店なら街中に無数に存在する。早速、実行に移すことにした。

しかし、一人暮らしのマンション付近は危ない気がした。チェーンのコンビニやカフェが多く、管理が厳しそうに思えた。このチートは、QRコードが偽物だと気付かれたらおしまいだ。監視カメラがある店も多い。

珍しく授業に出ている最中、どの店にしようか考えていた。ふと、後ろの席の女子の会話が聞こえてきた。

「今日のお昼、中華街行かない？」

それは天からの声だった。中華街。古い個人の店が多そうだし、観光地として賑《にぎ》わっているから客の金払いもよさそうだ。悪くない選択肢に思えた。

その日の夕方に中華街を訪れ、ターゲットを探した。高級店ではなく、売上の管理に疎《うと》そうな小規模の個人店。それも、あまり若いスタッフではないところのほうがいい。

日没後の中華街は混雑していた。しばらく歩いているうち、「洋洋飯店」という店を見つけた。普通の定食屋っぽい雰囲気で、建物は古いし壁に貼ったメニューもボロボロだ。見た感じ、監視カメラもない。迷っているふりをして店頭を覗《のぞ》くと、QRコードを貼った小さなカードが見えた。

――いい感じだな。

満を持して、俺は店に入った。

店内にはテーブル席が六つ、カウンター席が八つ。客は半分ほどの入りだった。

「いらっしゃいませ」

出迎えたのは五十歳前後の女性だった。カウンターの奥では同年輩の男が中華鍋《なべ》を振っている。注文した唐揚げ定食を食べながら店内を観察する。壁は黄ばんでいるし、床は油のぬめりが染みついていた。どう考えても個人経営だろう。厨房《ちゆうぼう》とフロアの男女だけで切り盛りしているなら、毎日マメにＱＲ決済の売上を確認するようなことはしていないはずだ。

腹は決まった。

「すみません、トイレどこですか？」

女性に尋ねてから、トイレに立つ。席に戻る途中、外の様子を確認するふりをしてレジに近づく。すかさず、店頭に掲示されたＱＲコードの上から、手のひらのなかに隠し持ったシールを貼りつける。

これで完了だ。

後は定食の残りを食べ、会計を済ませて店の外に出るだけ。自分の席へと戻る間に自然と鼻歌が出ていた。

そうこうしている間に、サラリーマン風の客が「お会計」と立ち上がった。タイミングのいいことに客はQRコード決済を選んだ。俺の口座に振り込んでいるとも知らず、客は会計を済ませて店を出て行く。密《ひそ》かにスマホを開いて口座の残高を確認すると、きっちり増えていた。

——やっぱり楽勝だな。

爽快《そうかい》な気分で唐揚げを頬張っていると、新しい客が来た。俺と同じくらいの年齢の男女だ。カップルだろうか。女のほうは車いすに乗っていた。色白で、目を引く美人だ。男はそれを後ろから押している。

「ロンちゃん、もういいよ。あとは自分でやるから」

「あそこのテーブル席でいいか？」

「大丈夫」

店の中年女性は慣れた様子で椅子《いす》をどかし、車いすが入るスペースを作った。女は「ありがとうございます」と礼を言う。車いすの車輪に手をかけたところで、その動きが急に止まった。

女の視線は、さっきシールを貼ったばかりのQRコードへと注がれている。いやな予感がした。

——まさか、な。

QRコードなんてぱっと見どれも同じだ。別のコードに入れ替わっていても、店の人間ですら気が付かないだろう。常連だとしても、客が一目でいつもと違うとわかるような代物ではない。よっぽど記憶力がよくない限りは無理だ。

たとえば、視界に入ったものを一瞬で覚えてしまうような能力でもない限り。

「どうかしたか、ヒナ」

連れの男が声をかけると、ヒナと呼ばれた女は「ちょっと待って」と応じた。おもむろにスマホを取り出し、QRコードにかざす。

「やっぱり、URLがいつもと違う」

「なんだよ」と不思議そうに首をひねる男に構わず、ヒナはQRコードを観察しはじめた。

まずい。やはり、この女は気付いている。レジ横のカードを手に取ったヒナは、爪《つめ》を立て、先ほど貼ったばかりのシールを剝がした。これ見よがしに連れの男に見せつける。

「ロンちゃん、見て。違うQRコードが上から貼ってある」

「これ、一緒じゃないのか?」

「ぜんっぜん違う。QRコードは肉眼でも解読できるんだよ。ほら、ここの模様。白黒の並びがまったく違うでしょう」

「ああ、うん……確かに見比べてみると若干違う。でもよくわかったな」

二人は顔を寄せあってコードを見ている。いかにも親密そうなそのやり取りを見ながら、俺は血の気が引く音を聞いていた。

さっき貼ったばかりなのに、もうばれた。しかもシールはあのカップルの手にある。あれを警察にでも持ち込まれたら終わりだ。振込先はいつも使っている俺の銀行口座だ。URLがばれれば口座の持ち主も知られてしまう。

何とかして、あのシールを回収しなければならない。

「でも、なんで上からこんなもの貼ってたんだろうな」

男が疑問を口にすると、ヒナが「もしかしたら」と言った。

「QRコード詐欺じゃないの、これ。聞いたことあるよ。勝手にコードを差し替えて、支払先を第三者の口座にしちゃうってやつ」

「そんなことできるのか?」

「多少知識があればね。もし本当に詐欺なら大変だよ。洋洋飯店の売上がまったく関係ない人のところに流れてるかもしれない」

失神しそうだった。ものの五分で、QRコードが偽物だとばれただけでなく、その意図まで見破られてしまった。

「警察に届け出るか?」

警察。他人の口からその言葉を聞くと、急にリアリティが増す。

もし警察に突き出されたらどうなるか。口座を見られれば、この件だけではなくスーパーでもやっていたことがばれる。正当な対価を得ただけ、という言い訳が通用しないことはさすがにわかる。窃盗《せっとう》か？　業務上横領か？　何の罪かはわからないけど、有罪であることは間違いない。

そうなれば。友達は残らず離れていくだろう。家族は失望し、俺を叱責《しっせき》する。大学は中退だろうか。そうなると、就職か。ネームバリューもない、くだらない会社に潜《もぐ》り込んで働くのか。いやだ。無名の中小なんて絶望的だし、そもそもまだ働きたくない。

というか、前科持ちになるのか？　この俺が？　学生生活は？　仕事はどうなる？

「まずはマツのお母さんに報告しよう。あっ、すみません。いいですか……」

ヒナはフロアの女性を呼び止め、経緯を説明した。表情を曇らせた女性は「売上確認するわね」と言って厨房の奥へ消えていく。タブレットを手に戻ってきた女性は、「ヒナちゃんが説明してくれた通りだわ」と言った。

「さっきQRで決済したお客さんの売上、計上されてない」

ロンちゃんと呼ばれていた男が「詐欺で確定だな」と断じる。ヒナがさらに確認する。

「その前の売上はちゃんと入ってますか？」

「一時間前のお客さんの分は入ってる……被害に遭《あ》ったのは一件だけだと思う」

「じゃあ、この一時間以内に来たお客さんの仕業かもな」

二人は着実に容疑者の範囲を狭めていく。勘弁してくれ、と叫びたいのを堪《こら》える。

「その、シールに書いてあるコードの振込先ってわかるのか？」

「この場ではわからないけど……警察ならわかるかも」

「やっぱり警察行くか。ヒナ、悪いけどメシ、後にしよう。警察署行ってくる」

ロンが店を出ていこうとする。指先で一センチ四方のシールをつまんでいた。

暑くもないのに汗が止まらない。いよいよまずい。警察に行かれたら人生終わりだ。なんとか、なんとかしなければ。ロンの背中が通路へと消える――

「待ってください！」

気が付けば立ち上がり、背中に向かって叫んでいた。店にいた全員が俺に視線を向けるほどの大声だった。

とにかく、あいつを止めなければならない。その一心だった。

「……なにか？」

立ち止まったロンが当たり前の疑問を口にする。プランはない。とにかく、思いつくまでたらめにしゃべる。

「いや、あの。さっきから話聞いてたんですけど。そのＱＲコード、偽物なんですか？」

「そうみたいですけどね。なあ、ヒナ」

車いすのヒナがこくりとうなずく。

「僕、大学生なんですけど。大学の授業でＱＲコードの仕組みとか勉強したことがあって。興味あるんで見せてもらえませんか？」

「えっ」

ロンはあからさまに戸惑っていた。

「いや……これ、犯罪の証拠かもしれないんで」

「見るだけ。見るだけです。お願いします」

懇願しながら、俺は少しずつ接近した。シールはもう手を伸ばせば届く距離だ。

「犯罪に使われたかもしれないQRコードなんて、めったに見れないと思うんで。貴重な機会ですよね。なんとかお願いします」

「まあ、見るだけなら」

「やった。ありがとうございます」

ロンがつまんだシールの表面をこちらに向けた。

――今だ。

両手で強引に手首をつかみ、指先からシールをもぎ取った。

「あ、おい！」

ロンが怒鳴ったがもう遅い。俺はそのまま店を飛び出した。

「食い逃げだ！」

背後から中年女性の声が聞こえる。たしかに唐揚げ定食の代金は払っていないが、そんなことはどうでもいい。とにかくこのQRコードを隠滅するのが優先だ。雑踏をかき分け、細い路地を抜け、大通りに出たところで歩調を緩めた。

振り返ったが、誰《だれ》も追いかけてきていない。成功だ。一時はどうなることかと思ったが、追い詰められればどうにかなるものだ。効率を求めるだけではなく、機転が利くのも俺の長所かもしれない。就活のエピソードに使えないのが残念だ。

握りしめていたシールを確認しようと、右手を開く。しかし、そこには何もなかった。

――ない！

唇が震える。たしかに、店を出た時には手のひらのなかにシールの感触があった。「洋洋飯店」から大通りまでのどこかで落としたのだ。振り返ると、大勢の観光客がのんきな顔で夜の中華街を楽しんでいる。無性にいらだたしかった。

さあ、どうする。右足の爪先《つまさき》を上下させながら考えた。

選択肢は二つ。戻らず逃げ帰るか、店までの道のりを引き返して探すか。普通に考えれば、このまま逃げるべきだ。あんな小さなシール、雑踏にまぎれてしまえばどこへ行ったのかは誰にもわからない。

しかし、万が一。万が一、路上に落ちているのをあいつらが見つけたら。ロン、ヒナと呼びあっていたあの連中は厄介だ。一目でＱＲコードが入れ替わっていることを見破るほどの観察眼を持っている。

もしかしたら、もうすでに――

このまま逃げれば、警察の影に怯《おび》えながら過ごすことになる。不安は根っこから絶たなければ意味がない。

俺は、来た道を戻りはじめた。路上に注意を払いながら、一歩ずつ店へと続く道を歩く。紙くずやビニールの断片までQRコードに見えてくる。食べ物や地図を手に好き勝手歩いている観光客が、疎ましくてたまらない。誰かがぶつかって、舌打ちをした。うるさい。

この窮地にムカついているのではない。現状が、どうしようもなく非効率的なことにムカついているのだ。雑踏のなかから数センチ四方のシールを見つけ出すことがいかに途方もない作業か、俺は身をもって体感していた。

結局、店のかなり近くまで来てもシールは見つからなかった。ついに「洋洋飯店」が面する細い路地に入った。今にも、物陰からロンやヒナが出てくるのではないか。疑心暗鬼に陥りながら、きょろきょろと周辺を探した。

店から三メートルほどの距離まで来た、その時。

ついに見つけた。

アスファルトの上にへばりついた小さな白黒のかけら。つまみあげると、それは間違いなくQRコードだった。

——勝った。

「お前だな。食い逃げ犯」

突然背後から声がした。振り返ると、坊主頭の屈強な男が立っていた。

「はい？」

「こいつだよな」

坊主頭の背後からひょっこり顔を見せたのは、さっき店にいたロンだった。白けたような目でこちらを見ている。天国から地獄。目の前が真っ暗になる。

「うん。間違いない」

「よし、こっちこい」

坊主頭は俺の右腕をがっちりとつかんでいた。異様に力が強く、振り払おうとしてもびくともしない。

「やめろ！　誤解だ、濡《ぬ》れ衣《ぎぬ》だ！」

「うるさいんだよ。黙れ」

抵抗も虚《むな》しく、俺の身体《からだ》は引きずられていく。

せめて、証拠だけでも隠滅できれば。このＱＲコードをどこかへ捨てれば、詐欺の証拠は隠滅できる。こいつらが俺に関心を持っているのは、「食い逃げ犯」だと思っているからだ。食い逃げなんかどうだっていい。この証拠さえ消えれば。

引きずられながらも人差し指の先にシールを貼りつけた。

――飛んでいけ！

祈りながらシールを勢いよく弾《はじ》く。

祈りは届いた。

小さなシールは路地に吹いた風に飛ばされ、舞い上がった。いいぞ。そのまま行け。

「なんか言ったか?」

坊主頭が振り向いた。ふらふらと宙を漂ったシールは、男の額にぺたりと貼りついた。

「ああっ!」

なんで帰ってくるんだ。反射的に空いている左手を伸ばす。シールをつかもうと伸ばした手は、ぱしっ、と男の額を叩いた。その一秒後、左手首を男につかまれていた。真っ赤に染まった坊主頭の顔が目の前に迫ってくる。

「ふざけんなよ、てめえ!」

足をかけられ、うつぶせに倒された。背中からのしかかった男の腕が首にかかる。息ができない。急激に意識が遠のいていく。

「待って、ヤバい、ほんとに」

「黙れって言ってんだろ!」

首を絞める力はいっそう強くなる。視界に靄《もや》がかかる。

「あ、もう、無理……」

意識が消える寸前、目の前にロンがしゃがみこんだ。手のひらを開いてみせると、そこにはQRコードがあった。俺は証拠隠滅が失敗したことを悟った。

「あんた、バカだねぇ」

＊

加賀町警察署で大学生を引き渡してから、ロンは「洋洋飯店」に戻った。店のカウンターで待っているのはマツだけだった。

「ヒナは？」

「具合悪そうだから、家まで送った。まだ外に長時間いるのは慣れてないんだろうな」

もっと気を遣《つか》えばよかった、とロンは反省する。ヒナはまだ外出できるようになって日が浅い。トラブルに遭遇した時点で帰してやればよかった。隣の席に座ると、マツが「それはそれとして」と言った。

「食い逃げ野郎はどうなった？」

「とりあえず、無銭飲食の詐欺罪容疑で逮捕された。QRコードのほうはこれから詳しく取り調べるって」

「結局、あいつは何やらかしたんだ？」

ロンはヒナから聞いた推測を話した。例の大学生は勝手に店頭のQRコードを上書きして、支払われた金銭が自分の口座へ送金されるよう仕組んだようだった。

「その、上書きに使ったのがあのシール？」

「たぶんな。おばさんもQR決済の入金がないって言ってたから、間違いないだろ」

マツがフロアで立ち働く母親に視線を送ると、すぐに近づいてきた。「食い逃げ野郎はどうなった？」と息子と同じことを聞く。ロンはまた同じことを話す。

「逮捕されたなら、とりあえずよかったよ。代金は後日払ってくれるんだろうね」

「それよりもう一個の詐欺のほうが、罪が重そうだけどね。初めてじゃないみたいだから」

マツが裸絞めで落とした大学生の男は、意識を取り戻してからすべてを白状した。物証のシールを取り返すのは不可能だと悟り、ようやく観念したようだった。ロンと一緒に警察署に出頭した後、彼はぼそぼそと語った。

――コードなんか偽造できるって友達にそそのかされて……一度、別の店でやったらうまくいったんで、つい今回も……本当にすみませんでした。

一部始終を聞いたマツの母は、ふん、と鼻を鳴らした。

「ちょろまかされたお金が戻ってくるなら、なんでもいいよ」

客に呼ばれて、マツの母は立ち去った。マツが「でもさ」と言う。

「なんでロンはあいつがまた店の前に戻ってくるってわかったんだ？　一度逃げたんだか

ら、戻らないかもしれないのに」

「そりゃあ、わざとシールを店の前に置いておいたからだよ」

「わざとなの？」

あの大学生は奪ってすぐ、店の床にシールを落としていた。右手を握りしめていたが、手のひらにかいた汗のべたつきをシールの粘着面か何かと勘違いしたのだろう。何も持たないまま店を飛び出していった大学生を見て、ロンは彼が絶対にシールを取りに戻ってくると踏んだ。

だから、あえてシールを店の前に置いておいた。餌《えさ》を撒《ま》いたのだ。そのうえでマツと一緒に近くの物陰に潜《ひそ》んでいた。案の定、大学生は辺りを見回しながら戻ってきたので、シールを拾った瞬間にマツが捕まえた。

「バカだねぇ」

嘆息するマツに「ほんとに」とロンがうなずく。

「一度うまくいったから、二度目も同じだと思ったのかもな」

「思いついてもやらないだろ、普通」

「それをやっちゃうところが……」

その先は言わなかった。マツが再び、大きく息を吐く。

「世の中、チートなんかないってことか」

「そういうことなんじゃない？　認めたくないけど」

「でもさ、これだけは当たる気がする」

マツが財布から分厚い紙束を取り出した。顔にはいやらしい笑みが貼りついている。

「初夢宝くじ。百枚買った。これだけ買ったら当たると思わないか？　三万円がうまくいけば十万円、百万円に化けるんだぞ。効率いいだろ？」

「…………」

——効率って、なんなんだろうなぁ。

ほくほくした表情のマツを前に、ロンは何も言えなかった。

4. マザーズ・ランド

大月薫《おおつきかおる》は重い足取りで事務所へ向かっていた。

ミスティ法律事務所は、横浜駅東口から徒歩十分の場所にある。駅からの距離だけなら新高島《しんたかしま》駅のほうが近いが、一駅だけみなとみらい線に乗り替えるのがわずらわしいため、代表の大月はもっぱら横浜駅から歩いている。

一月の朝。彼女は眉間《みけん》に皺《しわ》を寄せながら、帷子川《かたびらがわ》にかかる築地橋《つきじばし》を渡っていた。

四十六歳。今年で弁護士になってちょうど二十年。独立して九年。厄介な案件は数えきれないほど担当してきたが、このトラブルは今までにないタイプだった。

冷たい空気を肩で切りながら、大月は昨夜の電話を振り返る。

携帯に着信があったのは午後七時過ぎ。かけてきたのは、ある会社の法務部社員だった。神奈川を地盤とするハウスメーカーで、大月が顧問弁護士を務めている。

「大月先生、あの、突然すみません」

法務部社員の声は弱りきっている。明らかに尋常ではない様子だ。

「どうしました」

「本当は直接、お会いしたいんですが……お恥ずかしい話なんですけど……」

もごもごと口ごもってばかりで本題を切り出そうとしないので、大月のほうが痺《しび》れを切らして「早く言ってください」と一喝した。相手は観念したように「絶対、口外しないでくださいね」と前置きしてから言った。

「地面師ってご存じですよね」

「そりゃあ」

答えてから、大月は背筋に冷たいものを感じた。

——まさか。

「年末に契約書をレビューしていただいた売買契約、覚えてますか。青葉区《あおば》の二百坪の土地、一億五千万円」

「もちろんです」

「小切手を振り出した後、仲介業者とも地主とも、連絡が取れなくなったんです」

大月は携帯を耳にあてたまま、卒倒しそうになった。どうにか正気を保って、「どういうことです」と問い直す。

「どうもこうも、そのままの意味です。メールは返ってこない、電話はつながらない、名刺の住所を訪れても誰《だれ》もいない」

「つまり……騙《だま》されたっちゅうことですか」

思わず故郷である関西のなまりが出た。

「そうでしょうね」

法務部という立場ゆえか、社員はどこか他人事《ひとごと》のような口ぶりである。

「警察には？」

「通報済みです。社長が朝から警察署に行きました」

大月は社長の姿を思い浮かべる。押しが強くハードワークをいとわない、不動産営業の権化のような男性だった。五年前から顧問弁護士の契約を結び、年に一、二度は顔を合わせている。

地面師に騙されたからといって、泣き寝入りするような性格ではない。厄介な展開にならなければいいが。心配した矢先、電話口で社員が「それでですね、先生」と神妙な口ぶりで言った。

「社長はすごい剣幕で怒ってまして」

「でも、最終的に買収することを決断したんは、社長自身でしょ？」

「それはそうなんですが。とにかく担当社員はひどく叱責《しっせき》されて、心を病んでしまいました。今は有給休暇で休んでいますが、いずれ休職するかもしれません」

めちゃくちゃだが、中小企業のワンマン社長にはよくある話だ。自分の責任を部下になすりつけ、再起不能になるまで追い詰める。大月にとっては、他の企業でも見たことのある風景だった。

「しかも、それでは終わらなくてですね」

「はあ」

「顧問弁護士の大月先生にも責任があるんじゃないか、と」

「はあ?」

大月は契約書のチェックこそするが、取引相手の身元の確認まではできない。そもそも、そんな仕事は顧問契約の条項に入っていない。丁寧に大月は反論したが、社員は困るだけだった。

「私個人は先生と同じ意見ですけど、社長は違うんです」

「社長は具体的になんて?」

「契約相談の際に不審な点を挙げて、相手が不正行為を働いている可能性を指摘するべきだった、と」

「そら、無茶ですよ」

「ですから、社長が言うには、ですって」

板挟みになっている法務部社員は、悲痛な声を上げた。

「私は契約立ち会いもしてへんのに。どうやって不審点を指摘するんですか」

「たとえば、支払いに口座振り込みではなく、預金小切手を指定してきたこととか」

たしかに、この金額であれば通常は口座振り込みを選ぶ。預金小切手は換金の手間が少なく、引き出し記録も残らない。要は、犯人たちにとってより都合のいい支払い方法なのである。

「でも、それだけでは見抜けへん。それに私は、考え得る限り多くの方法で本人確認をしてほしいと、アドバイスしたはずです」

「先生に相談した際の議事録には、〈知人による確認〉が抜けているようです」

偽の身分証明書を持参する地面師への対策として、〈知人による確認〉は重要である。近隣住民などへのヒアリングを通じて、居住実態があると判断されれば、真の地主だと考えられる。

どうやら大月は、相談の際にそこまで言及していなかったらしい。

「当たり前やからですよ。ハウスメーカーなら常識でしょ」

「とにかく、社長は先生にも責任を問う、と言って聞かないんです。明日の午前中に事務所に行くから予定を空けてくれ、と」

大月には、社長のやつあたりとしか考えられない。だが顧問を務める会社が地面師に騙されたとなれば、スルーするわけにもいかないだろう。仕方なく、大月は社長との面談を受け入れた。

その面談が、今日の午前九時である。

——会いたないなぁ。

それが大月の偽らざる本音だが、口にするわけにはいかない。

エレベーターでオフィスビルの中層まで上がる。フロアの一角に構えた事務所のドアを開けると、すでに二人の後輩弁護士が働いていた。ミスティ法律事務所に所属する弁護士は、大月を含めて三名。後輩たちもそれぞれ県内や都内の会社で顧問を務めている。

「おはよう」

できるだけ明るい声であいさつをして、執務室に入った。腕時計を見ればすでに午前八時半だった。じきに社長が来るはずだ。

「大月先生」

閉じたばかりのドアの外から、事務員の声が聞こえた。

「なに？」

「応接室に、お客様がいらっしゃってます」

「……早すぎるやろ」

つい、つぶやいていた。「今いきまーす」と応じ、鏡でメイクと前髪をチェックしてから、ノートパソコンを抱えて執務室を出た。

——荒れんかったらええんやけど。

おそらく叶《かな》わないだろう、と思いながら、内心で大月は祈った。


一週間後。

大月は執務室に持ち込んだ折りたたみベッドで仮眠をとっていた。

この一週間は、弁護士になってから有数のハードな日々だった。

まずは例の地面師事件の後始末だ。社長からの理不尽な追及をかわし、関連する契約内容を総ざらいし、警察の捜査にも協力した。

それだけではない。事務所を訪れた二日後、心を病んでしまった担当者を社長が人前で殴りつけたのだ。別の社員が警察に通報したことで傷害事件となり、社長は代表取締役を解任された。その事後処理に加えて、他の案件もある。大月は家に帰る間も惜しんで仕事をこなした。

午前八時、スマホのアラームが鳴った。重い瞼《まぶた》をこすって半身を起こす。今日を乗り切れば、仕事のメドが立つはずだった。メイクを直して、ストレッチで気合いを入れ、三十分後には仕事をはじめていた。

「大月先生、いらっしゃいます？」

「いますよー」

軽い口調で返事をすると、事務員は「よかった」と言った。

「警察の方がお見えなんですが、今よろしいですか」

「また？」

警察の取り調べにはうんざりしていた。別々の捜査官から同じようなことばかり聞かれるため、会話するだけでストレスが溜《た》まる。こっちは家にも帰っていないというのに、無駄な質問で時間をつぶさないでほしい。

「すぐ行くから、待っててもらって」

「あ、えーと……もう、ここにいらっしゃってて」

「えっ」

まさか、そこにいるのか。大月みずからドアを開けると、目の前にスーツの男が立っていた。初めて見る顔である。眠たげな瞼にぼさぼさの頭。威圧感はない。むしろ、なさすぎるくらいだった。

「すみません、お忙しいところ。神奈川県警の岩清水欽太といいます」

男の背後にいた事務員は、こそこそと去っていった。警察官の頼みを断りきれず、執務室の前まで連れて来てしまったのだろう。後で文句の一つも言ってやろうと決める。

「応接室があるんで、そっちへどうぞ」

「いや、ここで結構です。すぐに終わりますんで」

岩清水は引こうとしなかった。仕方がない。大月はドアを閉めた。

「では手短にお願いします」

「承知しました。私は捜査一課の所属なんですけども」

おや、と大月は思う。

「これまでお会いしたんは、捜査二課の方でしたけど」

「私の本来の担当は、傷害事件のほうです」

なるほど、と大月は合点する。社長が担当者を殴りつけた件だ。しかし、そちらの事件については顧問弁護士からコメントすることなど見当たらない。

「ますます用件がわからんわ……」

「傷害事件の捜査をしている最中、気になることがあったので」

そう言って岩清水が取りだしたのは、一枚の紙だった。そこには鉛筆で書かれた女の顔がコピーされていた。

「これは?」

「例の地面師事件で主要な役割を演じた、仲介業者の女性です。担当社員の記憶を頼りに、県警の職員が似顔絵を作成しました」

大月は事件の概要を思い起こす。

担当者や社長は数度にわたって、仲介業者や地主、先方の代理人である司法書士と会っている。なかでも最も頻繁に連絡を取っていたのが、仲介業者であった。そして手元の紙片に描《か》かれている女こそが、目下、警察が行方を追っている地面師グループの首謀者だとみなされている。

「個人的に、この顔に見覚えがあるんです」

大月は首をひねる。なぜそんなことを自分に話すのか。

「当てがあるんやったら、捜査二課に教えて差し上げたらええんちゃいます」

「もう伝えました。ただ、捜査一課の一員としても、この女性には関心があるんです」

「なんでです？」

「ある死亡事故に関《かか》わっている可能性があります」

岩清水は目を細めた。目の奥が鈍く光る。

「ただし、古い事故です。発生してからもうすぐ十二年。関心があるのは一課でも私くらいなものです。なので、この捜査は単独でこっそりやっています」

「あの……話が見えへんのですけど」

すぐに終わる、と言った割に回りくどい。

「彼女がこのまま姿をくらまして終わるとは思えない。そう遠くないうち、必ずまた同様の犯行に手を染めるはずです。できれば私は二課の連中よりも先に、この女にたどりつきたい。はっきり言って私は、地面師としての犯行なんかどうだっていいんです。そっちの容疑は一課で取り調べをした後、二課でいくらでも詰めればいい」

「結局何がしたいんです？」

「大月先生には、この女の次の犯行をいち早く察知してほしい」

にわかに岩清水の顔つきが引き締まる。

「簡単に言えば捜査協力です。先生は不動産関係の案件を長年手がけているそうですね。少し調べさせてもらいましたが、業界でも有数の実績だそうじゃないですか。難しいトラブルも色々解決なさっているとか」

「二十年、弁護士やってますから多少は……」

「神奈川や東京にある多くの不動産会社で顧問をなさっている。そうですよね？」

「まあ、はい」

「ということは、この地面師グループが次の犯行を起こす相手企業も、大月先生が顧問をされているかもしれませんね？」

ようやく言いたいことがわかってきた。

「つまりこういうことですか。これから先、私が顧問をしている会社が地面師に狙《ねら》われそうになったら、いち早く警察に知らせろっちゅうこと？」

「さすが、飲みこみが早いですね」

「無理です」

大月は即座に拒絶した。

「顧問弁護士の業務とちゃいます。それに、そこまで判断できる情報も入ってきません」

「そうは言っても、大型の売買契約なら高確率で先生に相談するでしょう？　その時に不審な点があれば教えてください」

「そもそも、相手が地面師かどうかわかるなら騙されませんよ。万が一そうやとしても、別のグループかもしれんし」

「空振りでもいいんです。怪しい契約があれば片端から教えてほしい」

「守秘義務があります。警察とはいえなんでも教えられません」

「大月先生」

岩清水はすっと顔を寄せてきた。冴《さ》えない風貌《ふうぼう》だと思っていたが、有無を言わせない迫力が漂っていた。

「先生にとっても悪い話じゃないはずですよ。いくら部外者とはいえ、顧問をしている会社が地面師に騙されたとなれば、風評被害もあるでしょう。調査自体はこっちでやります。先生はただ、怪しげな業者を教えてくれればいいんです。それで二度目の被害を防げるんだから、手軽でしょう？」

こちらを脅すような低い声だった。大月よりも十以上は年下のはずだが、物怖《ものお》じする気配もない。

「……そこまでして、捕まえたい相手なんですか」

「ええ。なんとしてでも」

「いったい誰なんです、その女」

岩清水は憎悪のこもった目で似顔絵を一瞥《いちべつ》した。

「南条不二子《なんじょうふじこ》」

紙の上の女はうっすらと笑っている。まるで、途方にくれた弁護士をあざ笑うように。

＊

「あー、全部外れた！」

一月下旬、午後五時。「洋洋飯店」の片隅で、マツが雄たけびを上げた。手元のスマホには初夢宝くじの当選番号が表示されている。ウーロン茶を飲みながらその様子を眺めていたロンは、「そりゃそうだろ」と言う。

「それだけしか買ってないのに当たるわけないって言っただろ」

「そういうこと言うなら、次、当選しても分けてやらないからな。一等一億五千万だぞ」

「まだ買う気かよ」

厨房《ちゅうぼう》から出てきたマツの母が、「どうせダメだったんだろ？」と尋ねてくる。そう言いつつ言葉の端にはわずかな期待がにじんでいた。ロンが両手でバツを作ると、あからさまに落胆する。

――やっぱり親子だな。

ロンはそろって肩を落としている母と息子を見比べた。

「あんたもいい加減、まじめに働いて稼ぎな」

「これだけが生きがいなんだから、宝くじくらい許してくれよ」

「なにがこれだけ、だ。パチンコも競馬もやってるくせに」

はあ、と盛大なため息を吐《つ》いて、マツの母は厨房へ戻っていく。

「おい、マツよ」

「なんだよ。傷心の人間に気安く話しかけるな」

「お前、この店継ぐ気とかないの？」

それは、ロンが前々から抱いていた疑問だった。ジムの契約社員なんかやらなくても、実家の「洋洋飯店」で働けばいい。マツは一瞬だけ真顔になり、顎《あご》に手をあてた。

「いや……継げないだろ。普通に考えて」

「なんでだよ。お前の両親の店だろ」

「料理できないし」

「親父《おやじ》さんに教えてもらえよ」

「やだ。俺《おれ》は柔術家兼ギャンブラーとして生きていくの」

未練がましく番号を確認しているマツを見ながら、ロンは思う。自分もたいがい怠け者だと思っていたが、この男にはさすがに負ける。マツは少しだけ顔を上げた。

「ロンは、翠玉楼が潰《つぶ》れてなければ後を継いだか？」

「そのつもりだったから、困ってるんだろうが」

「だったらお前こそ、もっと早く料理の修行しとけよ」

「二十二歳になるまでは、厨房に入るなって言われてたんだよ。それまでは思う存分、自由を満喫するつもりだった。そしたら二十二歳になる前に店が潰れた。計算外だ」

「じいさんから言われたのか？」

ロンはウーロン茶の水面を少し見つめてから、言った。

「……昔、オヤジに言われた」

良三郎は使えるものなら猫の手でも使え、という主義で、孫のロンにもできるだけ早く店を手伝わせたがった。一方、亡くなった父――孝四郎は、ロンに二十二歳まで厨房に入ることを禁じた。

小学一年生の時、父から言われたことを思い出す。

「龍一は、やりたいと思うことをやれ。お前には料理人以外の可能性もある。二十二歳まではいろいろやってみて、それでも店を継ぎたいと思ったら厨房に入れ」

それは、有無を言わさず料理人にさせられた孝四郎なりの、息子への思いやりだったのかもしれない。ともかく、父の方針でロンは一度も厨房に入ったことはないし、店の手伝いをまともにしたことすらない。

かつて母と呼んでいた女もそうだった。店のことには一切かかわろうとしなかった。もっとも、それは孝四郎に言われたわけではなく、彼女自身の考えによるものだろうが。

マツは「そうか」とだけ言って、この話題を終わらせた。

「ところで、ヒナとはもう付き合ってんの?」

「は?」

ロンはきょとんとした顔で応じる。

ヒナとは二人で週に一度、山下町の周辺を散歩している。外出に慣れるためのリハビリのようなものだった。中華街にもたまに行くが、雑踏に留《とど》まるのはつらいため「洋洋飯店」で食事をするくらいだった。

定期的に会ってはいるが、あくまで幼馴染《おさななじ》みとしてであり、付き合ってはいない。ロンがそう話すと、今度はマツが呆《あき》れた顔をする番だった。

「いや、こっちが『は?』だよ」

「なんで?」

「……ロンって残酷だよな」

友人のリハビリに付き添うことのどこが残酷なのか、ロンにはさっぱり理解できない。

店内でダラダラと雑談を続けていると、マツの母から「そろそろ混むから出てって」と言われた。仕方なくマツは自分の部屋へ戻り、ロンは店の外へと出る。通りには小雨が降っていた。すぐ家へ帰るべきなのに、なぜか足は海の方角へと向かう。

ロンは弱い雨に降られながら、山下公園へ歩く。

久しぶりに父のことを話したせいか、連鎖的に古い記憶がよみがえっていた。

ロンが物心ついたころ、四十歳前後の孝四郎は「翠玉楼」のチーフコックだった。中国出身の料理人たちをたばね、仕入れや仕込み、調理を一線で指揮していた。良三郎はすでに料理人としては引退し、経営とフロアの管理を担っていた。

厨房の内が孝四郎の砦《とりで》、外が良三郎の領分という区分けだった。

四川《しせん》料理の名店「翠玉楼」には定休がなかった。大晦日《おおみそか》と正月三が日、春節《しゅんせつ》当日の五日間だけが休業日であり、臨時休業を除いた残りすべてが営業日だった。多忙な孝四郎と過ごした記憶は、ほんの少ししかない。朝、目を覚ますころにはすでに仕入れのために店を出ており、夜は深夜まで鍋《なべ》を振っている。父が料理人の仕事に命を懸けていることは、幼いロンにもわかった。

ごくまれに、孝四郎が良三郎から叱責を受けているのが漏れ聞こえることがあった。叱《しか》られている理由はほとんどわからないが、料理人としての心構えのような、曖昧《あいまい》な内容だった。

「そんなつもりでお前に料理を教えたわけじゃない」

「十五から鍋握ってるくせに、そんなこともわからんか?」

「お前が翠玉楼の顔なんだよ。俺の息子ならわかるだろ」

父が祖父に説教される様子を聞きながら、自分もいずれ料理人になるのだろう、と予感していた。望むと望まないとにかかわらず、孝四郎の一人息子として生まれた以上、それは避けられない道なのだと。

だから小学一年生のころ、やりたいと思うことをやれ、と言われた時には驚いた。

「いいの?」

孝四郎は「お前の人生だからな」と言った。とっさにロンは尋ねていた。

「父さんは、料理人になりたくてなったの?」

「いや。気付いたらそういうことになってた」

父は苦笑していた。

――オヤジ。

濡《ぬ》れた髪を掻《か》き、心のなかで呼びかける。

――俺はたぶん、料理人にはならないよ。

生きていたころは父さんと呼んでいたのに、いつの間にかオヤジと呼ぶようになった。格好をつけているだけだということはわかっている。また素直に父さんと呼べる日が、いつか来るだろうか。

無人の山下公園で、ロンは踵《きびす》を返した。同時に寒気を感じる。身体《からだ》が濡れたせいだけではない。父の記憶に付随して、思い出したくない記憶までよみがえった。

このまま終わっておけば、美しい過去のままだ。だが現実はそう甘くない。

父と過ごした日々は、母と過ごした日々でもある。

小柳不二子。旧姓、南条。

それが、ロンの母の名だった。

＊

孝四郎と不二子がどのように出会い、結婚を決意したのか、ロンは知らない。二人の間に愛情が存在していたのか、それすら定かでない。いや、正直に言えば、ロンは夫婦の情愛などなかったと思っている。

少なくとも、母は父を愛していなかった。

不二子は「翠玉楼」のスタッフということになっていたが、実態は専業主婦だった。二階にある一室が母と幼いロンの部屋で、彼女は一日の大半をそこで過ごした。眠るのも、食事をとるのも、テレビを見るのも、すべて部屋で済ませた。部屋の外にいるのは、掃除や洗濯、買い物や食器洗いといった家事をしている間だけだった。

母の顔はまだ覚えているが、年々記憶から薄れつつある。豊かな黒髪、垂れ下がった目尻《めじり》、薄い唇。そうした特徴がしっかり自分に受け継がれていると知ったのは、ずいぶん成長してからのことだ。

口数が少なく、感情の起伏も少ない人だった。

ロンが四歳か五歳のころ、保育園への登園をいやがったことがある。その間、母は何も言わず、黙ってロンを見下ろしていた。冷たい目をして、怒りも嘆きもせず、一言も発さずに凝視していた。

登園時刻が間近に迫ると、母は無表情で「龍一」と言った。

「あんたがすんなり行かないのが悪いんだからね」

そう言って、思いきり頬《ほお》をひっぱたいた。火がついたようにロンは泣いた。不二子はしばし自分の手を見ていたが、やがてロンを抱きしめた。その日は保育園を休んだ。翌日から、登園しぶりをする回数が減った。

無表情で叩《たた》かれるほど、怖いことはなかった。

小学生になってすぐ、同級生とつかみ合いのケンカをした。発端はおぼろげだが、ゲームの貸し借りとか、そんなことだったとロンは記憶している。腕や足をケガして帰ったロンを、母はいつもの無感情な目で見ていた。

抑揚のない声で聞かれ、素直に事情を話した。母は億劫《おっくう》そうに立ち上がって、取り出した軟膏《なんこう》を傷口に塗り、絆創膏《ばんそうこう》を貼《は》った。

「どうしたの」

「二度と、無茶なことしないでよ」

息子が傷を負ったというのに、母には悲しさも怒りもなかった。その表情からは、ひたすら面倒だ、という感想しか読み取れなかった。

ロンも別に、泣きながら抱きしめてほしかったわけではない。過剰に「母」を演じられたら、むしろうっとうしく感じただろう。ただ、心配そうに眉《まゆ》をひそめたり、「痛くない？」と聞いてくれる程度の反応はあるかと思っていた。

――もしかしたら、俺は愛されていないのかもしれない。

疑いが確信に変わるのに、時間はかからなかった。ロンが八歳の誕生日を迎えるころには、不二子が母としての情愛など一切持っていないことはもはや明白だった。最低限の家事と育児をこなすことで、かろうじて居場所を維持していた。

育児に手がかからなくなるにつれて、不二子は外を出歩くようになっていった。どうやらロンが小学校にいる平日の昼間は、ほとんど家を空けているようだった。友達の親から、どこそこでお母さんを見た、と言われるのがなぜか恥ずかしかった。

「もし時間あるなら、店手伝ってくれんか」

見かねた良三郎がそう告げたのは、めずらしく家族四人で夕食をとっている最中だった。厨房設備の点検とかで、その日は臨時休業だった。ロンは両親、祖父と一緒に仕出し弁当を食べていた。

テーブルの一角に座った良三郎は、不二子に向かって言った。

「最近、フロアも人の入れ替わりが激しくてな。定期的に、不二子さんに働いてもらえると助かる。平日のランチタイムだけでも入ってくれんか。外を出歩く時間を少し短くしてもらって」

息子の妻が相手とあって口調は穏やかだったが、最後の一言には棘《とげ》があった。

不二子は箸《はし》を止め、うつむいた。

「……お店の手伝いには、向いてないと思います」

「難しく考える必要はない。注文を取って、料理を運ぶだけだ。誰でもできる」

「……色々とやることもあるので。すみませんが、ちょっと」

ぼそぼそと答える不二子に痺れを切らしたのか、良三郎は矛先を息子に変えた。

「孝四郎、お前どう思う？　最近、フロアが滞ることが多くないか？」

「バイトを増やせばいいだけだと思うけど」

「タダじゃないんだぞ、雇うのも。不二子さんに入ってもらえば人件費も浮く」

「そういうつもりで結婚したんじゃないしな」

父は横目で母の様子をうかがいながら、はっきりしない答えを繰り返した。良三郎も気の長い性格ではない。何度かそんなやり取りを繰り返して、ついに「いい加減にしろ」と一喝した。

「わかってんだよ、日中どこに行ってるのかは。なあ、不二子さん。言ってみろ」

良三郎は老舗《しにせ》のオーナーであり、中華街の顔役でもある。息子の妻に関する噂《うわさ》が流れれば、自然とその耳に入ってくるだろう。

不二子は目を閉じ、黙りこんだ。とうとう良三郎がキレた。

「パチスロだろ。関内《かんない》の店を出入りしてるとこ、何度も見られてるぞ。そんなもんやってるヒマがあるなら、店の手伝いでもしたほうがいくらか有益だろ。おい、孝四郎。お前知ってたか？」

「……いや」

父は固い表情で白飯を咀嚼《そしやく》していた。

小学生のロンは、パチスロというものを具体的に思い浮かべることができなかったが、きっとギャンブルであり、品の良い行為とは言えないのだろうという感覚はあった。

「なんで夫が把握してねえんだよ。いいかい、不二子さん。昼間っからプラプラうろつかれると、店が迷惑すんだよ。ただでさえ、翠玉楼の嫁はパチスロに入り浸ってるって噂になってる。時間と体力の使いどころがないなら、働いてくれ」

「その話、龍一の前ではやめてくれ」

孝四郎の抵抗を、良三郎は鼻息で吹き飛ばした。

「都合の悪いこと隠しても、どうせバレるぞ。ロンはバカじゃない。賢いやつだ。両親の隠し事なんかすぐに見抜くだろうよ。だったら堂々と話しておいたほうが、本人のためにもいい」

ロンはどうすればいいのかわからず、無視して弁当を食べ続けた。もちろん耳では会話を聞いている。

「……それで、どうなんだよ。不二子さん」

母はうんともすんとも言わず、暗い目でテーブルを見ている。

「俺だって、あんたらの生活にはできるだけ口出ししたくない。でもな、店の看板背負ってる俺たちと一緒に住んでるんだから、その辺は理解してくれよ。仕事はフロアでなくてもある。その気になったら声かけてくれ」

良三郎が「いいな」と念を押し、ようやく母はうなずいた。

そんな会話などなかったかのように、翌日からまた、不二子は頻繁に外を出歩いた。あいかわらず孝四郎が注意する気配はない。良三郎は時おり不二子に説教をしているようだったが、さじを投げたのか、そのうち何も言わなくなった。

家庭のなかでの不二子の存在感が、だんだんと薄くなっていった。

孝四郎が亡くなったのは、ロンが九歳の冬だった。

平日の朝、ロンは午前五時過ぎに目が覚めた。家のなかがあまりに慌ただしかったせいだ。隣の布団に母はいなかった。廊下から激しい足音と、良三郎の怒鳴る声が聞こえた。遠くから救急車のサイレンが近づいてくる。

ロンはドアを開けた。廊下には良三郎がいた。

「どうしたの？」

良三郎は動揺をあらわにして、口ごもった。いつも歯切れのいい祖父にしては、めずらしい反応だった。

「ねえ、何かあったの？」

「いいから、お前はそこで待ってろ」

言い残して、良三郎は廊下を駆けていった。母はいない。

「母さん？　どこ？」

日中は外出することが多い母だが、早朝五時から家を不在にしていることはまずなかった。だが、どれだけ呼んでも返事はない。窓の外は真っ暗だった。

からん、という音が浴室から聞こえた。プラスチックの洗面器が落ちた音のようだ。そこに誰かいるのだろうか。脱衣室まで来たロンは、すりガラスのドアの向こうに、人の気配を感じた。

「母さん?」

呼びかけたが応答はない。仕方なく、ロンはドアを開けた。

そこには父がいた。浴槽に張られた水のなかで、全裸の父が仰向《あおむ》けに横たわっていた。生気のない青白い肌をした父は、水中でぶよぶよになっていた。ぽっかりと開いた口から、喉《のど》の奥まで水で満たされていた。

父は明らかに死んでいた。

うっ、とうめくような声が出て、ロンは尻もちをついた。下半身に力が入らない。誰か呼んだほうがいいのか。

「部屋にいろ!」

背後から怒鳴りつけられ、ロンはびくりと肩を震わせた。振り返ると、そこには仁王のような形相の良三郎がいた。救急隊員らしき、制服を着た男性が後ろに控えている。ロンは這《は》うようにして、どうにか浴室を脱出した。

それからのことはほとんど覚えていない。部屋に戻ったロンは、昼になるまで、震えながら膝《ひざ》を抱えて過ごした。悲しさより混乱が勝った。父の死を悼む心持ちには、まだなれなかった。

水中に沈んだ父の死に顔が、頭から離れない。溺死《できし》だろうか。あんなに浅い、自宅の浴槽で、溺死するなんてことが起こるのだろうか。

それより気になるのは母のことだった。どうやら家にはいないらしい。一時間経《た》ち、二時間経っても、不二子は部屋に戻ってこない。妙な胸騒ぎがする。父が亡くなった日に限って、母が早朝に家を空けている。そんな偶然が起こりうるのか。

何もかもわからなかった。早く母が帰ってきて、日常が再開してほしい。震えながら、それだけを祈っていた。

正午、疲れ果てた顔つきの祖父が部屋に来た。

「孝四郎が死んだ」

すでにロンが現場を見ていたせいか、良三郎はすんなりと言った。

「……なんで？」

「事故死だ。警察は、昨日の夜風呂《ふろ》に入りながら眠ったんじゃないかと言ってた。滑った拍子に溺れて、そのまま死ぬことがあるらしい」

父が、入浴中に溺れて死んだ。信じられなかった。

「母さんは？　どこにいるの？」

「………………」

「いないの？」

「……わからん。電話は何度もかけてるが、出ない」

良三郎は悔しそうな顔で首を横に振った。

祖父が買ってきた昼食を食べて、また部屋で待機した。考えることにも疲れて、ロンはただ横になっていた。気を紛らすためにテレビをつけたが、内容は頭に入らない。

不二子がようやく帰宅したのは、日没後だった。

いきなり部屋のドアが開いて、母が室内に入ってきた。何事もなかったかのような無表情だった。ロンは跳ね起き、母に言った。

「母さん、どこにいたの」

不二子は上着を脱いで、カバンから出した缶チューハイを無言で飲みはじめた。父が亡くなっているというのに、平然と酒を飲んでいる母が不気味だった。

「聞いてる？」

「……死んだね、あの人」

ロンではなくテレビのほうを見ながら、不二子は答えた。

「知ってたんだ？」

「まあね」

「だったら、どこに行ってたの？」

母は答えず、酒を飲み続けていた。

「死んだんだよ、父さんが。じいちゃんが探してた。何回も電話きたでしょ」

「だから、わかってるって」

いらだたしげに母が言う。ここまで感情をあらわにする母を見るのは初めてだった。刺激されるように、ロンの気持ちもたかぶる。

「ねえ、じいちゃんが言ってたパチスロに行ってたの？　父さんが死んだのに……」

「うるさいなぁ！」

がん、とチューハイの缶をテーブルに叩きつける。血が上ったのか母の顔は赤黒く染まっていた。ロンは肩をすくめる。殴られる、ととっさに思った。だが母は鋭い目でにらむだけで、手をあげようとはしなかった。

「……お願いだから、何も言わないで」

腹の底から絞り出すような声だった。ロンは従うしかない。そこから先、黙々と酒を飲む不二子を見守るしかなかった。

缶が空になったころ、廊下から良三郎の声がした。

「不二子さん。来てくれ」

祖父の声はとがっていた。不機嫌を隠そうともしない。母は「はい」と答え、のろのろと立ち上がって廊下へ出て行った。

そのまま、その夜は部屋に戻ってこなかった。

ロンはその週、学校を休んだ。「翠玉楼」も急遽《きゅうきょ》休業になった。

父の通夜があり、告別式があった。中華街の知り合いがたくさん参列した。ある者は悔しそうに涙を流し、ある者は良三郎や不二子を慰めた。ロンも大勢の大人から励ましの言葉を受けたが、どう答えていいかわからなかった。

良三郎はやるべきことが山のようにあるらしく、ずっと忙しそうだった。店のスタッフたちと話し合いをしたり、役所や事務所に出向いたりと、始終バタバタしていた。父の後任のチーフコックは、古株の四川出身者が務めることになった。

母はあいかわらず外を出歩いていた。ロンの食事を用意し、最低限の家事をこなす他は家にいなかった。たまに見る母の顔は以前にも増して、徹底した無表情であった。感情をどこかに置いてきたかのようだった。

さらに翌週、「翠玉楼」が営業を再開し、ロンはまた学校に通いはじめた。

ようやく日常が戻りつつあった矢先、母が消えた。

小学校から帰ってきたロンを、ダイニングで待っていたのは良三郎だった。

「座れ」

ランドセルを部屋に置く間もなく、ロンは祖父の向かいに腰を下ろした。その気配から、なにか良くない知らせだろうと直感した。

「お前の母さんがいなくなった」

不思議と、ロンはその事実をすんなり受け入れていた。あの母ならそうなってもおかしくない、という予感があったのかもしれない。

「昼間にメールが来た」

良三郎はスマホの画面をロンに見せた。

〈孝四郎さんがいなくなった以上、私が翠玉楼に残る意味はなくなりました。当座の生活費として、私たち家族のお金をいただいていきます。すみませんが、龍一のことはよろしくお願いします。〉

九歳のロンには読めない漢字もあったが、だいたいの意味はわかった。自分は母に捨てられたのだ、ということだけは間違いなかった。良三郎は苦々しい顔で言う。

「あの女、銀行口座の印鑑と通帳とキャッシュカード、一式持っていきやがった。店とは関係ないが、孝四郎の保険金が振り込まれる予定の口座だ。保険金ごっそり自分のものにするつもりだな」

ロンに悲しみはなかった。来るべき時が来た、という感覚だった。むしろ、目の前の疲れきった良三郎のほうが気の毒なくらいだった。

「……酒が残ってた」

目頭を押さえた良三郎が、うめくように言った。

「孝四郎が死んだ日。ダイニングに飲みかけのビール缶が二つ、残ってた。孝四郎は酔って風呂に入って、溺死したんだ」

「え、でも……」

祖父の話には、腑《ふ》に落ちない箇所があった。良三郎はロンの目を見てうなずく。

「そうだ。孝四郎は酒が飲めなかった。誰かが飲ませたんだ」

毎晩のように晩酌を楽しむ良三郎とは対照的に、孝四郎はアルコールを受け付けない体質だった。少しビールを飲んだだけで気分が悪くなり、眠気を催してしまう。それは息子であるロンも知っていた。

そして良三郎とロンの他に、この家で父に酒を飲ませられる人物はひとりしかいない。

「警察が事故だっていうんだから、これは事故だ。起こったことは戻らない。孝四郎はあそこで死ぬ運命だった。ただ……」

良三郎は急に、はっとした顔で口をつぐんだ。不二子の息子であるロンを前に、決定的なことを口にするのははばかられるようだった。

「悪い。忘れてくれ」

突然、良三郎はぱん、ぱん、と自分の頬を張った。気合いを入れ、己を鼓舞しているようだった。そして身を乗り出し、ロンに顔を近づける。

「いいか、ロン。今日から俺が、お前の親代わりだ」

「……うん」

「俺が父親であり、母親だ。お前が二十歳《はたち》になるまでは面倒を見てやる。約束する。でもな、その先はロンが自分で決めるんだ。わかったか」

「わかった」

「よし。お前は利口だ。絶対、進むべき道が見つかる」

良三郎は満足げに微笑した。久しぶりに、祖父が笑う顔を見た気がした。

それから十二年が経つ。

不二子の行方は、不明のままである。

*

欽ちゃんに呼び出されたのは二月前半、春節期間中の昼下がりだった。中華街は祝賀ムードにあふれ、観光客でにぎわっている。加賀町警察署の一室に通されたロンは、ぼんやりと待っていた。こういう時、いつもなら近くのカフェにでも行くのだが、今日はめずらしく署内だった。

「すまん、待たせた」

遅れてきた欽ちゃんが向かいに座る。あいかわらずの鳥の巣頭だった。スーツは皺だらけだし、目の下には濃いクマができている。

「あのさ、欽ちゃん」

「なんだ」

「ちゃんと家帰ってる？」

「いろいろと立てこんでるんだよ」

欽ちゃんはごまかすようにスーツの皺を手で伸ばした。身なりをおろそかにしている自覚はあるらしい。

「それで、今日はなに？」

「単刀直入に聞くぞ」

欽ちゃんは咳《せき》ばらいを一つして、まっすぐにロンを見た。

「孝四郎さんが亡くなってから、南条不二子と連絡をとったか？」

一瞬、室内の空気が止まった。

他人の口から、不二子の名を聞くのはずいぶん久しぶりだった。心地よい気分になる名前ではない。いったい、欽ちゃんは何を考えているのか。ロンは慎重に答える。

「……幼馴染みでも、言っていいことと悪いことがある」

「落ち着けよ。やっぱり背景から説明したほうがよさそうだな」

ぼさぼさの頭を掻いて、欽ちゃんが居住まいを正す。身構えるロンに、いつものような気安い口調で言う。

「地面師、って知ってるか？」

「……ニュースで聞いたことはある」

　予想もしていなかった単語が、欽ちゃんの口から次々と飛び出す。地面師と言われても、ロンの生活とはひどく縁遠い印象しかない。

「ものすごく簡単に説明すると、他人の土地の所有者を装って、不動産業者を騙す詐欺師だ。不動産業者はマンション用地やらなんやらのために、常に不動産価値の高い土地を探している。そこにつけこんで金を騙し取る」

「そうなんだ」

「昨年末から今年にかけて、横浜市内のある土地でもそれが起こった。たぶんそのうち報道されるだろうがな。あるハウスメーカーが、地面師集団にまんまと一億五千万円を騙し取られた」

　マツが言っていた宝くじ一等の当選額と同じだった。

「その集団ってのが、ちょっと特徴のある連中なんだ」

「特徴？」

「地面師側の地主、仲介業者、司法書士。全員、中年女性だったらしい」

　欽ちゃんは三人の詐欺師たちに見立てて、三本の指を立てた。

「女性の詐欺師は普通だけど、ここまでそろえるのはめずらしい。しかも、ハウスメーカーとの打ち合わせでは子育ての話で盛り上がったみたいだ。役作りの可能性もあるが、もしかすると三人とも子育ての経験者かもしれない。捜査二課はやつらのことを〈マザーズ・ランド〉と呼んでるらしい。〈母親の土地〉だな」

ここまでは、ただ捜査の裏面を話しただけである。ロンは頬杖《ほおづえ》をついた。

「それで？」

「〈マザーズ・ランド〉の中心人物は仲介業者だ。この女の似顔絵が、南条不二子とよく似ている。俺も確認したが、たしかに似ていた」

ようやく話がつながってきた。幼馴染みである欽ちゃんは、ロンの両親とも面識があった。孝四郎が亡くなった当時は十八歳。

「……勘違いじゃないの？」

「そう言うと思って持ってきた。よければここで見せるが、構わないか？」

勢いに呑《の》まれ、深く考える間もなくロンはうなずく。欽ちゃんは大量の紙が挟みこまれたファイルから、一枚の紙を抜き取った。テーブルに置かれた紙を見て、ロンの顔がこわばる。

そこにいるのは南条不二子だった。

似顔絵は彼女の特徴を的確に捉《とら》えていた。いくらか皺は増えているが、豊富な毛髪といい、垂れた目といい、薄い唇といい、不二子としか言いようがない。それでもロンは認めたくなかった。

　自分の人生に、不二子の出る幕はない。もう、あの女と関わりを持ちたくない。

「……たまたま似ている、他人だろ」

「この似顔絵はかなり精巧につくられている。実際に会った社員の証言と合わせて、監視カメラに残った映像も参考にしている。偶然の一致とは思えない」

　頭の芯《しん》が冷えていく感覚があった。

　自分を捨て、孝四郎の死をろくに悼むこともなく、良三郎にすべての後始末を押し付けた女。その女が、現在は詐欺師として暗躍している。あり得ない、と一蹴《いっしゅう》することはロンにはできなかった。

「やっぱり、南条不二子なんだな？」

　ロンは沈黙で応じたが、欽ちゃんにはそれで十分のようだった。静かに似顔絵をファイルへと戻す。

「いやなことを思い出させたのは申し訳ない。でも俺は捜査一課の一員として、この女を捕まえないといけない」

　捜査一課の一員として。ロンにはその言葉の意味がわかった。

「オヤジは事故死だ」

「本気でそう思ってるのか？」

「じいさんもそう言ってる。家族がいいって言ってるんだから、詮索《せんさく》するなよ」

「警察に、人殺しを見過ごせっていうのか？」

欽ちゃんはいつになく眼光が鋭い。幼馴染みではなく刑事としてのギアが入っている。

「孝四郎さんが死んだ直後からおかしいと思ってた。状況を考えれば、南条不二子が孝四郎さんに無理やり酒を飲ませて、事故を誘発した可能性は十分ある。動機もある。死亡保険金は全額、持ち逃げしたんだよな。保険金狙いで配偶者を殺すなんて話ごまんと前例がある。刑事部に来てから、いずれこの件はやらなければいけないと思っていた。今がその時だ」

「……もういいって」

「よくないんだ。これはロンの家や翠玉楼だけの話じゃない。一度犯罪に成功した人間は、味をしめてまた罪を重ねる。野放しにしておくと、後々本人も苦しむ羽目になる。南条不二子自身のためにも、一刻も早く捕まえて……」

「だから、俺には関係ねぇんだよ！」

ロンの怒声が部屋に響く。だが、欽ちゃんは微動だにしなかった。

「悪いが、退《ひ》くつもりはない」

確固とした口ぶりで、欽ちゃんは言った。

「俺は翠玉楼が好きだった。中華街を代表する店のひとつだった。その店で看板コックとして奮闘している孝四郎さんを尊敬していた。いいか、ロン。たとえお前や良三郎さんが忘れたくても、俺は絶対忘れない」

「なんでそこまでこだわるんだよ？」

これまでも、欽ちゃんが不二子への疑念を匂《にお》わせたことはあった。しかし家族でもない人間が、十二年前の出来事にいまだ執着する理由がわからなかった。だが欽ちゃんは、いかにも当然であるかのように答える。

「南条不二子は俺たちの中華街を傷つけた。何年経とうが許せない。それだけだ」

ロンはシンプルな返答に胸を打たれた。

なんということはない。なんだかんだ言っても、欽ちゃんは刑事である前に、中華街で生まれ育った子どもだった。孝四郎の死は「翠玉楼」という一店舗の騒動ではない。中華街の尊厳が傷つけられ、貶《おとし》められた出来事だった。

だからいまだに欽ちゃんは忘れようとしない。

「たぶん、あの女はまた近いうちに地面師詐欺を起こす。ここまで作りこまれた詐欺スキームを一回限りで手放すとは思えない。手がかりになりそうな情報があれば、すぐに教えてくれ」

「……よくわかんないけど、詐欺は欽ちゃんの仕事じゃないんじゃないの」

「だからだ。詐欺事件を担当する二課に先を越されたら、殺人の取り調べができるのはいつになるかわからない。可能な限り一課が——俺が先に捕まえる」

欽ちゃんは本気だった。本気で、中華街から消えた女を見つけ出そうとしていた。

「ロンを呼んだのは、似顔絵を見てもらいたかったのと、事情を話すためだ。もし、自宅に手がかりが残されていたら提供してほしい。万が一、南条不二子から何らかの接触があったらすぐに連絡してくれ。頼むぞ」

ファイルを片付け、席を立った欽ちゃんが言う。

「何もなかったら？」

「……捜査がうまくいくことを願ってくれ」

欽ちゃんに促され、ロンは加賀町警察署を後にした。

家には帰らず、山下町の周辺を歩きながら考えた。この三十分ほどの間に聞いた話を、どう消化すべきか戸惑っていた。

南条不二子とは二度と関わりたくない。詐欺を働いていようがなんだろうが、母の現状に興味はなかった。

ただ——

あの女が父を意図的に死なせたのか否か、それだけは知っておいても悪くない。いや。本音を吐けば、知りたい。これまでは、事実を知ることは不可能だとあきらめていた。だが南条不二子を捕まえれば、直接問いただすことができる。

ロンの心は揺れていた。

欽ちゃんの捜査に協力すべきか。無視して自分の生活をまっとうすべきか。

答えが出ないまま、ロンは自宅に帰った。すでに日は傾いていた。

ダイニングでは、良三郎が夕方のテレビニュースを見ながら中国茶を飲んでいた。「翠玉楼」が閉店してからというもの、日中は家で茶ばかり飲んでいる。古い知り合いと会ったりもするが、それも週に一、二度だ。

「じいさん、また家にいんのか」

「俺の家だぞ。お前こそいつまでここにいるんだ?」

「人と会わないとボケるぞ」

「まともに働いてないやつに言われたくない」

いつものように悪口の応酬を繰り広げ、ロンが自室に入ろうとした時だった。テレビのスピーカーから男性アナウンサーの声が流れた。

「午前十時ごろ、横浜市で住宅が全焼する火災があり、焼け跡から一人の遺体が見つかりました。出火したのは横浜市緑《みどり》区の会社員……」

「横浜か」

良三郎がつぶやいた。緑区は中華街から離れているが、なんとなく不穏な気分だった。

部屋に入って、ネットで地面師事件について調べているとスマホが鳴った。さっき話したばかりの欽ちゃんだった。

「続報だ」

「どしたの？」

「地面師集団に騙された、ハウスメーカーの担当者が亡くなった。家から火が出て、焼け死んだらしい」

背筋が凍りつく。

とっさに、先ほど見たニュースがよみがえる。住宅が全焼したという例の火災。尋ねると、やはり緑区の住宅だった。

「このタイミングでたまたま、詐欺に遭《あ》った担当者が死んだの？」

「出火したのは家族が外出しているタイミングだったらしい」

「それ偶然じゃないよね。責任を感じた本人が、自殺のために火をつけたってこと？」

「現状ではわからない」

「わざわざ家に火をつける理由、ある？」

「だから、今はわからない。ただ、ハウスメーカーの社員として、何らかの抗議の意思を示すためなのかもしれないな」

言葉と裏腹に、欽ちゃんの見解はすでに固まっているようだった。そうでなければわざわざ電話などかけてこないだろう。「ロン」と呼ぶ口調は切実である。

「頼むから、力を貸してくれ」

欽ちゃんは今にも泣きそうだった。

「最後に南条不二子と一緒にいたのは、ロンなんだ。きっと、ロンにしかたどりつけないヒントがある。掘り返したくない記憶だってことはわかる。けどこれ以上、不幸の根源を見捨てておけない」

人がひとり、死んだ。それはもしかすると南条不二子のせいかもしれない。彼女がいなければハウスメーカーが騙されることはなかった。死者も出なかった。孝四郎も彼女と結婚しなければ、生きていた。

欽ちゃんが言うように、不二子は災厄をまき散らす不幸の根源なのだろうか。

――わかったよ。

事実かどうかはさておき、ロンは向き合わなければならなかった。あの女の息子だから、ではない。困っている人、悩みを抱えた人を助ける。それが自分の使命だからだ。

「……できる限りのことはする」

約束を交わして、欽ちゃんとの通話を終えた。静けさが戻ってくる。フローリングに寝転がったロンは、天井を見つめた。

――何から手をつけるか。

やると決めたからには本気だ。南条不二子を捕まえて、孝四郎の死の経緯を明らかにする。そして、これ以上災厄の種が世の中にまかれるのを阻止する。

ロンはスマホを手に取った。真っ先に思い浮かんだのは、ヒナやマツの顔だ。幼馴染みたちであれば、不二子のことも知っている。探し出すために有効な策を一緒に考えてくれるかもしれない。

だが連絡先一覧を表示したところで手が止まった。

少し考えて、ホーム画面に戻した。

手のひらにじっとりと汗をかいている。十二年前に見た、水中の父の死に顔がよみがえっていた。それと交互に、先ほど見た火災のニュースが脳裏をよぎる。

もしもあの女が不幸の根源ならば、ロンや欽ちゃんの身も安全とはいえない。自分の意思で突っ込むならともかく、誰かを巻き込むべきじゃない。相談すれば、ヒナやマツを災厄の渦に引きこむことになる。

ロンは静かに決意した。

この件は、自分ひとりでやる。

「どうかしたの」

真冬の山下公園を散歩している最中、車いすに座っているヒナが唐突に後ろを振り向いた。手押しハンドルを握っていたロンは「なにが？」と応じる。先ほどまでテレビ番組の話をしていたが、おかしな点はなかったはずだ。

「ロンちゃん、なんかいつもと違う気がしたから」

「……そうか？」

内心、ひやりとした。ヒナと会話をしながら、頭のなかでは南条不二子のことを考えていたからだ。

「ちょっと、別のこと考えてたせいかも」

「別のことって？」

「いや。将来どうしようかな、とか」

下手な嘘だったが、ヒナは「ふーん」と言って前に向き直った。

「ロンちゃんでも将来のこと考えるんだ」

「当たり前だろ」

「昔はさ、大人になったら料理人になりたいってよく言ってたよね」

とっさにロンは「俺が？」と問い返した。まったく覚えていなかったが、ヒナは「言ってたよ」と応じる。

「料理人になって家を継ぐってよく言ってた。マツはそんなこと、一度も言わなかったけど。だから、いずれロンちゃんは翠玉楼の看板コックになるんだろうなあ、って小さいころから思ってた」

ロンは苦笑するしかなかった。記憶なんてあてにならないものだ。

「オヤジが死んでなければ、本当に料理人目指してたかもな。そしたら、店も潰させなかったかもしれない」

車いすのヒナが、息を呑む気配があった。

「……ごめん。変なこと言った」

「変なことじゃない。オヤジが死んだのはただの事実だろ」

ヒナをとがめる意図はさらさらなかった。ただ、孝四郎が生きていれば「翠玉楼」も閉店していなかったかもしれないと想像して、少しだけ胸が痛んだ。

「そうだ。この間、涼花《すずか》さんから連絡あったよ」

気まずさを覚えたのか、ヒナが話題を変えようとする。

涼花は、一昨年に亡くなった凪の妹と親しくしていた高校生だ。彼女は現在、凪と仲が良いだけでなく、ヒナともSNS上でつながっている。中華街にも何度か遊びに来たことがあった。

「なんか言ってた？」

「涼花さん、大学受験することに決めたんだって」

ロンが出会った時期、涼花は家出の常習犯で、行き場のない若者たちがたむろする横浜駅西口周辺——通称ヨコ西に入り浸っていた。しかし今はもう出入りしていないという。アルバイトに勤しみ、そちらで友達もできたようだ。

ヒナいわく、四月で高校三年生になる涼花は大学進学を目指して独学で受験勉強をしているらしい。

「周りの友達が大学に行くって知って、自分も行きたくなったみたい」

「ちょっと流されやすいところあるからなぁ」

涼花とは、凪が所属するヒップホップクルーのライブに行ったことがある。そのライブで、涼花は一発でファンになっていた。もっとも、ファンであるという点ではロンも同じなのだが。

「きっかけはなんだっていいじゃん。ひとりで受験勉強がんばるなんて、すごいと思う」

ヒナは小声で「私はもうあきらめちゃったから」と付け加えた。

「ヒナも大学行きたいのか？」

ロンは反射的に尋ねていたが、言ってから失言だったと思う。もともとヒナは勉強ができたうえ、偏差値の高い高校に通っていたのだ。大学へ行くつもりだったに決まっている。あの一件がなければ、今ごろとっくに大学生だったはずだ。

「……行きたくないと言えば、嘘になるよね」

しみじみとした声で、ヒナが言った。後ろからは表情が見えない。

話題を変えたほうがいいか。迷ったが、ロンは話を続けることにした。ヒナが将来のことを積極的に話すのは、初めてだった。

「行くとしたら、何を勉強したい？」

「経済学も面白そうだけど……やっぱり情報工学かな。人工知能とか、情報セキュリティとか、ロボティクスとか興味あるから」

単語の意味はほとんどわからなかったが、ロンは「いいじゃん」と答えた。

「やりたいことがあるなら、大学目指すのもいいと思う」

「今から？　無理だよ、そんなの」

ヒナは振り返って笑った。

「私、もう二十一だよ？　高一の秋から学校通ってないのに、無理無理。そもそも高校卒業してないんだから受験資格もないし」

「高卒認定試験ってあるんだろ。合格すれば、大学受験できるんじゃなかったっけ？」

どこかでそんな話を聞いたことがある。

ヒナは「それはそうだけど」と言いつつ、声に難色をにじませた。

「高卒認定取って、大学受験して、四年通ったら……卒業するころにはもう、三十歳近くなっちゃう」

「何歳だっていいだろ。勉強しに行くんだから」

ロンはハンドルを押すのを止めた。前方に回りこみ、しゃがんでヒナと視線の高さを合わせる。ヒナは恥ずかしそうに、身体を背もたれにくっつけた。

「そりゃそうだけど。まだ外だってまともに出歩けないし」

「少しずつやればいい。そのためにこうやって散歩してるんだろ」

「大学に受かるまで何年かかるかわかんないし」

「高一で中退したんだから、三年くらいかかって当たり前だ」

「……そんな、正論ばっかり言われても困るよ」

ヒナはうつむき、目を逸《そ》らした。立ち上がったロンは反省する。

――少し焦りすぎたか。

もしかしたら、大学受験がモチベーションとなって外出への恐怖を一気に克服できるかもしれない。そんな期待があったが、どうやら前のめりになりすぎたらしい。しばらくの間、二人でさざ波の音を聞いていた。

「でも、ありがとうね」

ゆっくりと顔を上げたヒナが言った。

「ロンちゃんなりに応援してくれるのはすごくうれしい」

「だったらよかった」

「大学のことなんか親にも話したことなかったけど、考えてみる」

ロンは胸のうちで安堵《あんど》の息を吐いた。この会話は間違いではなかったらしい。再び後ろに回り、ハンドルを握る。

「ヒナは昔から勉強できたから、本気でやればすぐ受かるだろ」

「ロンちゃんは昔から学校の勉強はダメだったもんね」

「大学行くとか、考えもしなかったもんな」

二人はゆるやかな歩調で園内を巡りはじめる。ロンは近づいてくる氷川丸《ひかわまる》の船影を見ながら、ヒナの人生が少しずつ動き出しているのを感じていた。

かつて「翠玉楼」だった建物の二階は、小柳家の居住スペースになっている。外階段から玄関を抜けて、はじめにダイニングがある。その隣はリビングだが、現在は棚や物干し竿《ざお》が置かれ、なかば物置きのようになっていた。ダイニングからドアを隔てて良三郎の個室があり、別の方向には短い廊下が伸びている。その廊下の両側にある部屋のうち、ひとつがロンの部屋だった。

そして、廊下をはさんで向かいにあるのが、かつての孝四郎の部屋である。

室内には、生前孝四郎が使っていた衣類や本がそのままになっている。布団や机といった家具は良三郎が処分していたが、小物は手つかずのままだった。要は、片づけを怠っているのだ。

普段、ロンや良三郎がこの部屋に立ち入ることはない。二人で住むには、すでに十分すぎるほど空間はある。それに十二年が経って、孝四郎の遺品を整理するきっかけを失ってもいた。

ある平日。良三郎が、中華街の年寄りたちとの集まりに出る機会があった。その日は昼に出て、夜まで帰らないことがわかっていた。

ロンは祖父が出かけるまで自室で待ち、物音がしなくなったのを確かめてからダイニングに足を運んだ。玄関にあった靴がない。個室にも、誰もいない。間違いなく良三郎は外出している。

「やるか」

つぶやいたロンは、孝四郎の部屋のドアに手をかけた。古びた引き戸で、壊れていないか心配だったが、多少引っかかっただけでスムーズに戸は開いた。埃臭《ほこりくさ》さと中年男の体臭が、一緒くたになって鼻腔《びこう》に飛びこんでくる。

ここに立ち入るのは、父の死の直後以来だ。祖父の手伝いで机などの家具を運んだ記憶があった。

照明をつけると、寂しさがくっきりと浮かび上がる。

生活の痕跡《こんせき》がない部屋はひんやりとしていた。エアコンもないせいか実際、肌寒い。六畳の和室にあるのは書籍の収められた本棚と、衣類が詰めこまれたプラスチックケース、小さな引き出しくらいだった。押し入れの襖《ふすま》は閉じられている。

――どこから手をつけるかな。

この部屋に立ち入ったのは、南条不二子の情報を手に入れるためだ。父の部屋であれば、不二子につながる何らかの情報が残されているかもしれない。そんな淡い期待を抱いていた。

本棚の背表紙をざっと眺めてみる。大半が料理に関する本だった。中華料理だけでも四川、広東《カントン》、北京《ペキン》、上海《シャンハイ》など細分化されたレシピ集があり、和食や洋食、インド料理の本まであった。小説らしき文庫本もあるが、これといって不二子と関係のありそうなものはない。プラスチックケースのなかも、シャツやズボンが入っているだけだった。

本命の引き出しに取りかかったが、やはり特筆すべきものは見つからない。上の段から見ていったが、文具やカード類ばかりだった。

ただし、最下段だけはロンの目を引いた。

若いころの孝四郎が厨房に立っている写真や、中華街のどこかで撮ったらしき写真が無造作に入っていたのだ。自分の知らない親の姿は、なんとなく決まりが悪い。だがそんなことを気にしている場合ではなかった。

もしや、と思いながら数十枚の写真を順番に見ていくと、案の定、あった。

夏の砂浜に三十歳前後の男女が立っている。ピースサインを作っている男は孝四郎。その隣ではにかんだ笑みを浮かべているのが――

「南条不二子」

ロンは知らず、声に出していた。ワンピースを着た母は記憶のなかよりずっと若い。当たり前だが、それが新鮮だった。砂浜に立ち目を細めた不二子は、この十年ほど後に失踪《しっそう》することなど想像もしていなかっただろう。

念のため写真は回収することにした。ずいぶん昔だが、南条不二子本人が写った貴重な資料だ。

その後も探索を続けたが、めぼしいものはなかった。

残るは押し入れである。さして期待せず襖を開ける。案の定、押し入れのなかにあるのはガラクタばかりだった。空の段ボールや古いカバンなどが入っている。ロンは一応、それらをかき分けてひとつひとつ点検する。

――あれ？

薄く小さい割に、妙に重たい段ボール箱があった。手前に置いてあったということは、比較的新しいものか。箱を開いてみる。

入っていたのは一台のノートパソコンだった。ひょっとすると、孝四郎が使っていたものだろうか。付属品も一緒だ。電源が入るかどうかすら怪しいが、とりあえず回収しておく。三時間ほどかけて捜索したが、収穫と呼べるのはこれと写真くらいだった。

自室に戻ったロンは、さっそくACアダプターをつなぎ、ノートパソコンの電源を入れてみた。機体が大仰にうなりはじめる。

「うおっ」

思わずのけぞったが、パソコンは無事に起動した。パスワードすら設定されておらず、待っているといきなりデスクトップが表示された。亡くなったとはいえ、父親のパソコンを覗《のぞ》き見するのはやや気が引ける。

これも南条不二子の行方を知るためだ、と己に言い聞かせて有線のマウスをつかむ。

ファイルの数は多くなかった。「税務書類」や「原価計算」と名付けられたフォルダは無視する。見たところでどうせ意味はわからない。いくつかのフォルダを漁《あさ》っていると、そのなかに「パスワード」という文書ファイルがあった。

開いてみると、ロンの予測通り、各種ネットサービスのIDとパスワードがすべて記されていた。なかには銀行のオンライン口座のものまである。

――これ見られたら終わりだろ……

ただ孝四郎に限らず、当時の四十代男性のセキュリティ意識などこんなものかもしれない。ともかく、これでネット上の情報も閲覧できるようになった。

ファイルを上から順に見ていくと、電子メールサービスが見つかった。さすがに私信を見るのはまずいか。しかし、ここに南条不二子との交信が残されているかもしれない。悩んだ末、ロンは自宅の Wi-Fi に接続した。

「ごめん、オヤジ」

小声で謝りながら、電子メールサービスにアクセスする。十年以上経過しているせいか、色々と注意事項が表示された。それらをパスして受信ボックスを開く。最近届いているのはメールマガジンや各種プロモーションばかりだった。いちいちたどるのはまだるっこしいが、順番に読んでいくしか方法はない。

ロンは両手に滲《にじ》む汗をズボンで拭《ふ》き、マウスを握りなおした。

それからろくに食事もとらず、受信ボックスのメールを読み続けた。迷惑メールの類《たぐい》は排除しつつ、個人的なメールも、仕事のメールも、片端から目を通した。ダイニングで鉢合わせた良三郎からは不審がられたが、適当にはぐらかした。

すべてのメールを読み終えた時には、夜が明けようとしていた。黒から藍《あい》に変わった空を見ながらロンは重い瞼をこすった。

――そういうことか。

期せずして、幼い日々に覚えた違和感の一端を、二十一歳のロンはつかんでいた。

夜、ロンはふらりとダイニングに現れた。

良三郎はいつものように「五糧液《ウーリヤンイエ》」で晩酌をしていた。テレビ神奈川の番組を見ながら、時折酒をすすりこむ。ロンはその向かいにどっかと腰を下ろした。

「どけ。テレビ見えないだろ」

「話、あるんだけど」

ロンの雰囲気が尋常ではないと悟ったのか、良三郎は黙ってテレビを消した。にぎやかな声が止《や》み、ダイニングは静まりかえる。とくとく、とグラスに酒をそそぐ音がした。

「なんの話だ？」

「俺の母親のことだけど」

グラスを手にした良三郎の動きが止まった。目だけでロンを見る。

「……何か、見たな？」

「オヤジのパソコン。あと、メールの記録を見た」

「父親の私生活を覗くなんて、悪趣味なやつだ」

良三郎がグラスの中身を一気に干した。度数は高いが、顔色ひとつ変えない。

「俺の記憶が正しければ、母親は日中家を空けてばかりだった。そうだよな？」

「そうだ。店の仕事もせずに外ばかり出歩いていた」

「何をしてたと思う？」

「言わなかったか？　パチスロだ。せっせとギャンブルに通ってた」

断定的な口調だった。芝居とは思えない。良三郎は本心から、不二子がギャンブルに熱中していたのだと信じている。

「じいさん。それはたぶん、勘違いだ」

空のグラスをなでながら、良三郎は「ほう」と言った。

「母親をかばいたくなるのはわかる。でも、実際に見た知り合いがいるんだよ。関内のパチスロ屋に入っていく不二子さんをな」

「たまには行ってただろうな。でも、その知り合いだって毎日見たわけじゃないだろ。たまたま行った時に見られただけかもしれない」

「じゃあ、他にどこへ行ってたっていうんだ？」

ロンはそれには答えず、手にしていた数十枚の紙をテーブルに置いた。いずれもプリントアウトしたメールの文面だった。

「オヤジが翠玉楼を継いだのは、自分の意思か？」

良三郎は無言で紙の束を見ている。

「じいさんが、オヤジに店を継ぐよう強制したんじゃないのか？」

「だったらなんだ？」

「オヤジはな、新しい店を出す場所をこっそり探していたんだよ」

その証拠が、数々のメールの記録だった。良三郎は紙束を手に取り、一枚ずつ目を通す。

「いくつもの不動産屋とメールした記録が残ってる。オヤジは横浜市内で新しく出店できそうな土地を探していた。もちろん、じいさんには内緒でな。オヤジはずっと独立を企《たくら》んでたんだよ。知ってたか？」

返答はない。

「いくつかの物件は、土地を見に行くところまで話が進んだらしい。でもオヤジはほとんど年中無休で働きつづけていた。朝早くから深夜までな。じいさんがそういう働き方を強要したからだ。これじゃ、いつまでも現地を見に行くことができない。だからオヤジは、代理で別の人間を行かせた」

「……不二子さんか」

うめくように、良三郎が言った。

その通りだった。物件の下見や不動産屋の訪問の際には、店に出ている孝四郎ではなく不二子が行くことになっていた。頻繁な時期には、毎日のようにどこかしらへ出かけているようだった。

「母親が日中どこに行ってたか言えなかったのは、独立のことをじいさんに隠してたからだ。悟られたくないから、オヤジも知らないふりをするしかなかった。パチスロに通ってたなんてのは、じいさんの勘違いだ」

興奮のせいか良三郎の顔は赤みを増していた。

この話を打ち明けるべきかロンは悩んだ。良三郎にとっては腹立たしく、悲しい事実に違いない。だが、たとえ不都合だとしても、良三郎は孝四郎の生前の意思を知って後悔することはない。そう考えた。

「オヤジは俺に、やりたいことをやれ、と言った。それはじいさんから他の選択肢を与えられなかったからだ。オヤジは料理人になったことを後悔してなかったかもしれない。でも、一度は自分の力を試してみたかった。じいさんのいない場所で。だから密《ひそ》かに独立を考えてたんじゃないか？」

「……なにがわかる」

良三郎は紙束を放り投げた。

「お前は、孝四郎の名誉を傷つけているだけだ」

「じいさんは母親の名誉を傷つけてただろうが」

ロンは一枚の紙をつかんで突き付けた。それはロン自身がまとめた、出店候補地の一覧だった。そこには八つの番地が記されていた。いずれも、不二子が不動産屋の案内で下見に訪れている。

「よく見ろ。これが現実なんだよ」

中区、瀬谷《せや》区、港南《こうなん》区、磯子《いそご》区……横浜市内に留まろうとしたのは、せめて「翠玉楼」から離れすぎない場所で、と考えていたからだろうか。孝四郎の胸のうちの葛藤《かっとう》が伝わってくるようだった。

良三郎はもう、反論しなかった。何度か目をしばたたく。

「……俺にどうしてほしいんだ？」

「別に」

「俺はあのころの対応が間違っていたとは思ってない」

「じいさんはそれでいい。ただ、知って、認めてほしかっただけだ」

今さら謝罪や訂正の言葉がほしいわけではなかった。だいたい、ロンに謝ったところでどうしようもない。ただ事実は事実として認識すべきだ。ロン自身、南条不二子への怒りが消えたわけではない。彼女が息子と「翠玉楼」を捨てて消えたのは依然として変わらないのだから。

強いて言えば、一緒にこのしんどさを抱えてくれれば十分だった。

良三郎が酒をグラスにそそいだのを機に、紙束を手にしたロンは席を立った。これ以上言葉を交わせば、傷つけあうことになりそうだ。自室へ向かおうとするロンの背中に、良三郎が声をかける。

「どっちにしろ、翠玉楼は終わる運命だったのかもな」

振り返ると、良三郎はあっけらかんとした表情だった。悔いや虚《むな》しさは浮かんでいない。

仮定の話に入れ込むほど湿っぽい性格ではないらしい。

ロンは部屋に戻り、出店候補地の一覧をあらためて眺める。

良三郎に伝える必要がなかったから言わなかったが、この一覧にはある手がかりが隠れているようだった。

ロンのスマホに、ちょうど欽ちゃんからメッセージが来ていた。〈マザーズ・ランド〉による地面師詐欺の舞台となった、青葉区の土地の番地だ。ロンはノートパソコンでその番地の位置を確認し、十二年前の出店候補地の一覧と見比べる。

「やっぱりな」

思わずつぶやいていた。

出店候補地のなかにも青葉区の物件があった。それも、詐欺の舞台となった土地とかなり近い。

これはたまたまだろうか。かつて夫婦が独立を夢見た場所と、地面師詐欺が起こった場所が至近距離にあることを、偶然の一致と片付けていいものか。

ロンは二つの番地をにらみながら、仮説を組み立てる。

南条不二子は十二年前、出店候補地の下見に行っていた時から、その土地のことを知っていたのではないか。二百坪ものまとまった土地だ。価値があることは、当時から不動産会社の間では有名だったのかもしれない。

不二子が地面師詐欺の餌《えさ》として真っ先に思いついたのが、この青葉区の二百坪だった。騙すための土地なら他にいくらでもあるかもしれないが、素人にはどの土地にどれくらいの価値があるかわからない。不二子だって、ロンが知る限りは不動産業界にいたわけではない。かつて巡った場所に好都合な土地があれば、利用してやろうと思うのは不自然なことではなさそうだ。

――だとすると。

出店候補地は、八つ。青葉区の物件を除けば、七つ。

もし〈マザーズ・ランド〉が次の地面師詐欺を起こすのならば、この七つの番地の周辺が舞台になるのではないか。

仮説はあくまで仮説にすぎない。裏付けがあるわけではない。だがほんのわずかでも可能性があるなら。

ロンはスマホを手に取り、欽ちゃんの番号を呼び出した。

ミスティ法律事務所の会議室は、妙に広かった。

楕円形《だえんけい》のテーブルに十二脚も椅子《いす》が用意されている。いずれも背もたれが高く、機能的だ。自宅のダイニングにある五千円の椅子とは比べ物にならない。

きょろきょろと室内を見回すロンに、大月弁護士が微笑《ほほえ》む。

「無駄に広いけど、気にせんといてください」

話し言葉には関西のなまりがある。神戸の出身だと、先ほど言っていた。

「すみません。こういうところ、慣れてなくて……」

「私ですら、やたら広くしすぎたかもしれへんと思うもん。たまに大人数で来る企業もあるから、スペース取ったんやけど。持て余しぎみでね」

「企業の人が来るんですか」

「ええ、まあ。うちは企業の顧問業務がメインやから」

へえ、としかロンには言えなかった。完全に空気に呑まれている。

数日前。法律事務所に来てくれ、と電話口で欽ちゃんに言われた時から緊張ははじまっていた。

「なんで俺が法律事務所に？」

訴えられるようなことをした記憶はない。そう答えると、欽ちゃんは呆れて「お前の私生活は知らないけど」と言った。

「そこの代表の大月先生が、例のハウスメーカーの顧問弁護士なんだよ」

「それ、何する人？」

「法律の相談とか色々。深く考えなくていい。とにかく、俺とロンと大月先生で作戦会議を開こう。この間のパソコンの件もある」

孝四郎のノートパソコンは、すでに欽ちゃんを通じて警察に提供していた。十二年前の時には、事件性がないという理由で押収していなかったらしい。

「法律事務所とか緊張するな」

「普通の事務所だ。日程はこっちで調整するから。ロンはいつでもいいだろ？」

そうしてセッティングされたのが、今日の打ち合わせだった。

約束の時刻になっても二人しかそろわず、ようやく欽ちゃんが現れたのは三十分ほど過ぎたころだった。よほど忙しいのか、頭髪はいつも以上に乱れている。「申し訳ない」と一言だけ謝って、すぐに本題へ入る。

「〈マザーズ・ランド〉の件。署を出る直前に情報が入ってきた」

欽ちゃんは「くれぐれも内密に」と言いながら、手帳を繰る。

「青葉区の事件で、南条不二子は仲介業者と称してダミー会社をつくっていた。その会社に書類を郵送する際の送り先が、都内世田谷区《せたがや》にあるマンションだ。マンションの住人は退去済みだったが、前住人の身元がわかった。森沙耶香《もりさやか》という三十一歳の女性で、四歳の息子がいるシングルマザーだ。すでに転居先も押さえている」

「その森さん、逮捕するの？」

ロンが尋ねた。話の流れから察するに、森という女性は南条不二子の仲間だとみて間違いなさそうだ。しかし欽ちゃんは首を横に振る。

「まだ逮捕はしない。犯行の裏付けが取れないし、〈マザーズ・ランド〉の一員と決まったわけじゃない。しばらくは行動を監視することになる。もっとも、詐欺事件だから主導権は二課にあるけどな……」

　欽ちゃんは無念そうに言う。おそらく、森沙耶香の存在や彼女の転居先を調べたのも捜査二課なのだろう。一課の欽ちゃんは蚊帳《かや》の外、というわけだ。

「私もね、気になる点があるんですけど」

　声をあげたのは大月弁護士だった。

「契約書の内容や打ち合わせの記録からも、明らかに関連知識に長《た》けた人物が地面師側にいるはずです。南条不二子という主犯格の女性や、今の森さんのような女性には、専門知識はあると思います?」

「ないでしょうね。憶測ですが」

　欽ちゃんがあっさり答える。

「それやったら、やっぱり司法書士を名乗っていた人物が、法務面での入れ知恵をしたと考えられますね」

　売買契約に立ち会っていた司法書士は、当初「巻き込まれた」人物だとみられていた。地面師たちに騙されて売買に立ち会い、登記をしてしまったのである、と。しかし司法書士の出した名刺が偽物であったことから、彼女も〈マザーズ・ランド〉の一味であることが判明した。専門家までもがグルになっていたのである。

「もちろん照会はしていますよ。しかし、手がかりが似顔絵だけでは……」

欽ちゃんいわく、司法書士は国内におよそ二万三千人いるという。精巧とはいえ、似顔絵だけで個人を特定するには時間がかかりそうだった。

「憶測やけど、絞りこむ方法はあります」

大月は胸を張っていた。

「女性の司法書士自体が少数派やから、母数は三千人から四千人程度。さらに、懲戒を受けた人に注目すればぐっと数が減る」

「なんですか、チョウカイって」

ロンの疑問に、大月が答えてくれた。

「司法書士として、やったらあかんことをやってもうた人への処分、って感じやね。処分は三通りあって、戒告、二年以内の業務停止、業務禁止のどれか。対象者の名前は官報にも掲載されてるはず」

「その、懲戒に注目する理由は？」

「……弁護士にもね、たまに倫理観を失った無茶苦茶な人がおる」

大月は眉をひそめて語る。

「でもそういう人も、最初から悪人やったとは限らへん。若いころはまじめに働いてた時期もある。ただ、転落するきっかけって些細《ささい》なものなんよ。ちょっとしたミスや、これくらいはええかっていう油断から、小さい違反をする。一度ルールを破ってしまうと、二度目に破る心理的ハードルは下がる。そうやって、どんどん倫理観の壁が低くなっていく。いったん自《じ》暴《ぼう》自《じ》棄《き》になってもうたらあかん。開きなおって、資格を悪用する方向へ流れていってしまう」

大月の言葉には説得力があった。実際に、幾人もの転落を目にしてきたのだろう。

「詐欺への加担なんて、まっとうな神経ではできへん。その司法書士も、どこかで道を踏み外した可能性が高いと思う。だから、懲戒の対象者を順番に確認するというのはひとつの手ぇやと思います」

最後の一言を向けられた欽ちゃんは、「理解しました」と応じる。

ロンは母のことを思った。

息子として知る南条不二子は、どこにでもいる平凡な主婦だった。その彼女が、今は地面師詐欺の主犯になっている。大月の言葉を借りるわけではないが、いきなり詐欺師になったわけではないだろう。そこに至るまで、十二年の間にいろいろなことがあったはずだ。

なにがあったのか知りたい。

一瞬そう思ったが、すぐに打ち消した。知ったところでどうなるというのか。

「ロン？」

欽ちゃんの声で我に返る。

「ぼーっとしてたけど、平気か？」

「ああ……ごめん。別のこと考えてた」

「ロンって呼ばれてるんや？」

　大月が興味を示した。

「まあ。龍一の龍の字から」

「ええあだ名やね。小柳くん、って呼ぶよりええかも」

　張り詰めていた場の空気がなごんだ。大月は意図的に、硬軟両方の態度を使い分けているようだ。欽ちゃんとのやり取りからも手練《てだ》れの風情が漂っている。

「最も重要なのが、〈マザーズ・ランド〉の次の犯行です」

　手綱を引き締め直すように、欽ちゃんがぴりっとした声で言う。

「南条不二子が青葉区の土地に目をつけたのは、かつて出店用地を探している時に存在を知ったから、というのがロンの見立てだったな」

　間髪を容《い》れず「だと思う」とロンは答える。大月にもその件は伝わっているらしく、手元の書面を見ながらうなずいている。

「その可能性は俺もあると思う。何しろ、出店候補地と近すぎる。調べてみると、あの土地は十数年前からほとんど活用されていなかったらしい。つまり長年、不動産業者の間では売買のターゲットになっていた」

　詐欺の餌にするには、うってつけの土地だったということである。

「そういう土地はどこにでもあるもんじゃない。出店候補地の一覧から、残る七つの番地周辺にあるめぼしい土地を、大月先生に調べてもらっている」

「だいたい、候補は洗い出せましたよ」

大月はおもむろに、プロジェクターの電源を入れる。ノートパソコンを操作すると、備え付けのスクリーンに地図アプリの画面が表示された。横浜市全体が表示されている。

「ある程度まとまった坪数があって、マンションや商業施設の用地として好適で、なおかつ地主の存在感が希薄で、周辺住民にも顔を知られていなそうな土地……そういう条件で色々見てみました。いくつか該当する物件はありましたけど、個人的に最も怪しいと思うんは」

画面は横浜市北部、都筑《つづき》区にクローズアップした。

「港北《こうほく》ニュータウンにあるこの土地」

大月はマウスを動かし、カーソルで画面上の一角を示す。

港北ニュータウンとは、都筑区の丘陵地帯に広がる市街地である。市内の主要駅へのアクセスも良好で、横浜市営地下鉄のセンター北駅、センター南駅の周辺が主な商業地帯となっている。

「昭和の時代に開発されたニュータウンはおおむね人口減に悩まされてるけど、港北ニュータウンは別。近年も新しい住民が増えていて、若いファミリーからの人気もある。この土地はセンター北から徒歩圏内で、三百坪弱の面積。住宅用地としては望ましい条件が揃《そろ》ってる。そのうえ、この土地には古い集合住宅が捨て置かれてて、現在は入居者の募集もせずにただ放置しているだけ。まず間違いなく、複数の不動産業者が目をつけてる」

大月の説明は、流れるような滑らかさであった。

「ねえ、ここで決まりじゃない？」

ロンが誰にともなく言う。だが欽ちゃんは肯定も否定もしなかった。

「大月先生、短期間でここまで調べていただき感謝します」

「乗りかかった船ですから。それに、死人まで出てもうた。ここまで来たら徹底的にやりましょう」

一瞬だが、大月の目が剃刀《かみそり》のような鋭さを帯びた。

自宅が全焼したハウスメーカーの社員は、やはり自殺が濃厚であった。遺書は見つかっていないが、それは火災保険金のためではないかと推測されている。家主の故意と認定されれば保険金が降りなくなるためだ。社員は家族に金を遺すため、あえて原因を曖昧にして亡くなった可能性がある。

欽ちゃんは「ありがとうございます」と丁重に礼を言う。

「他の場所も確認したいので、教えてもらえますか」

「構いませんよ」

大月は地面師が好みそうな土地を順に説明した。熱心にメモを取る欽ちゃんの横顔が、いつにもまして真剣であることにロンは気付いていた。

――本気なんだな。

欽ちゃんは捜査官として、中華街の子として、必死に使命を果たそうとしている。それに引き換え、自分はどうだ？　亡き父や祖父の寛大さに甘えて気ままに暮らし、やりたいこともぼんやりと見えてきたものの、いまだ形にはなっていない。九歳上とはいえ、幼馴染みが仕事に励む姿を見ていると情けなくなってくる。

一通りの説明を終えると、大月は「こんなもんでいいですか」と言った。

「十分です。そのうえで聞きますが、大月先生は港北ニュータウンが最も有力だとお考えですか」

「私が地面師やったら、間違いなく選びます」

スクリーンには再び都筑区の物件が表示される。ロンも念のため、スマホのメモ機能で番地を記録しておく。

「大月先生の顧問先でこれらの物件の取り引きがあれば、必ず知らせてください」

「承知しました」

「ロンも、あの女について何か新しいことがわかったらすぐに連絡をくれ」

素直にロンはうなずく。

会議は一時間ほどで終わった。欽ちゃんは次の予定があるのか、あわただしく部屋を出て行く。後に続こうとしたロンを、大月が呼び止めた。

「ロンくん。少しだけええかな?」

「なんですか」

「南条不二子って、いったい何者なん?」

大月は口調こそ軽かったが、視線は真剣だった。ロンは素直に答える。

「俺にもわかりません」

まだなにか尋ねようとする大月を無視して、ロンは部屋を出た。

何者かわかっているなら、最初から苦労はしない。


横浜市営地下鉄、センター北駅。

構内を出たロンは、すっかり覚えてしまった道のりを歩く。商業地帯を離れ、高層マンションの並ぶ住宅街を進む。駅から目当ての土地までは、ロンの足で歩いて十五分ほどで到着する。

大月弁護士がピックアップした三百坪の土地は、見るからに荒廃していた。

張り巡らされた網目状のフェンスの向こうは、雑木や雑草が生い茂っている。その真ん中には古びたマンション棟が建っていた。外壁には雨垂れの跡が残り、全体的にくすんでいる。

ロンがここに来るのは、今日で十日目だった。

孝四郎のパソコンを警察に提供して以後、できることはほとんどなくなっていた。欽ちゃんや大月弁護士からの連絡を待つだけの日々にはひどく無力感を覚える。そこで最有力と思われる土地の周辺を見張ることにした。南条不二子や〈マザーズ・ランド〉の連中と遭遇するかもしれない。

それが、ロンなりの結論だった。

石川町《いしかわ》からセンター北まで、ＪＲと地下鉄を乗り継いで片道四十分かかるが、それはいい。問題は運賃だ。往復で千円弱、十往復でおよそ一万円。半分フリーター、半分無職のロンには安くない出費だが、地面師集団にたどりつくためなら仕方ない。それに、部屋でゴロゴロしているよりは精神的にも身体的にも健全だ。

これまで周辺を歩いて、たしかにこの廃マンションには住民がいないらしい、ということはわかった。フェンスの内側で人影を見たことはないし、人の出入りもない。出入口と思《おぼ》しき門は施錠されている。

辺りをうろついていると、よく家族連れとすれ違う。多くのファミリー層が住んでいる地区なのかもしれない。若いファミリーから人気がある、という大月の言を裏付けるようであった。

路上を歩いていると、また前方から三人家族が歩いて来た。父親と母親は三十代くらい。二人に挟まれた男の子は三、四歳だろうか。左手で父親、右手で母親と手をつないでいる。三人とも笑顔だった。絵に描《か》いたような、幸福そうな家族の姿であった。マンションの広告物から飛び出してきたのかと錯覚するほどに。

——俺にも、ああいう時代があったのだろうか。

ロンは足を止めた。三人家族はその横をすり抜けていく。

——いや。あるわけがない。

再び、ロンは歩きだす。

孝四郎と遊んでもらった記憶は一つもない。毎日厨房に立ち、働きづめの父親とはたまに家のなかで顔を合わせるくらいだった。ロンを公園に連れ出すのも、家のなかで相手をするのも、すべて不二子の役目だった。

——しんどかっただろうな。

今さらながら、ロンは母の孤独を想像した。夫や義父は育児に一切かかわろうとせず、他に頼れる人もなく、一人で二十四時間、三百六十五日、息子の世話をし続ける日々。ロンは育児をしたこともないし、幼いころのことも覚えていないが、それが容易ではないことは想像がついた。

——だからかなぁ。

ロンを叩き、冷たい視線を浴びせるようになった母。

もしかしたら、最初はそういう母ではなかったのかもしれない。ままならない息子との一対一の毎日を送り、孤独さに追い詰められ、いつしか変貌《へんぼう》してしまった。最後には、やるべきことはやった、とばかりに息子を置いて去った。

母のことを許してはいない。ただ、母なりの言い分もあるだろう。そう思える程度には、ロンは大人になっていた。

一時間ほど辺りを歩き回った正午前。

施錠された門の前にスーツの男がいた。三十歳前後だろうか。身なりはきちんとしているが、廃マンションの敷地前でスマホをいじっている姿はやや不審だ。ロンがじっと観察していると、相手の男も顔を上げた。

視線が合う。

「……すみません。この辺にお住まいの方ですか?」

先に声をかけたのは男のほうだった。

「よく来ますけど」

「ここのマンションって、住民の方いらっしゃらないんですかね」

「たぶん。誰もいないし、人の出入りもないんで」

この時点で、ロンは男の正体に思い当たる節があった。もしかすると、もしかするかもしれない。

「この土地に興味があるんですか？」

「実は私、不動産業者なんですけど。ここの土地の地主さんから売却のお話をいただいてまして。調査のため周辺住民の方にヒアリングをしているんです」

――来た。

ロンには、男の背後に南条不二子の影が見えた。

「失礼ですけど、なんという会社ですか？」

ロンが問うと、男は流れるような動作で名刺を出した。〈帝相《ていそう》エステート〉という社名がまず目に入る。男は横浜本社の山内《やまうち》と名乗った。

「ご存じない社名だと思いますけど、一応、マンションの建設を中心に県内ではそれなりに実績がある会社でして……」

山内の説明を聞き流しながら、ロンは次の手を考えていた。どうすれば、この会社に潜り込むことができるだろうか。警察に知らせることは端《はな》から考えなかった。待つだけの日々を送るのはいやだった。

可能なら、自分の手で南条不二子を捕まえたい。そうすれば、自分が直接あの女に問いただすことができる。

山内が一通り説明し終わるのを待って、ロンは切り出した。

「あの、不動産屋さんなんですよね」

「え？　それはまあ、説明した通りですが」

「僕、不動産業界に興味があるんです。アルバイトで雇ってもらえませんか」

「え……え？」

　山内はきょとんとしていた。

「フリーターなんでいつでも、今日からでも働きます。なんなら、給料なしでもいいです。お願いします！」

　ロンは勢いよく頭を下げる。これしか、会社に潜り込むための方法を思いつかなかった。突然の申し出に山内は困惑していた。「いきなり言われても」とか「俺じゃ判断できないし」と応じていたが、ロンが執拗《しつよう》に頼みこむとやがて折れた。

「わかったよ。こういうこと初めてだけど……上司に話してみるから。事務の人手が不足してるのは間違いないし。タダでいいんなら、喜ぶかもしれない」

「ありがとうございます！」

「あんまり期待しないでよ」

　その場で連絡先を交換して山内と別れた。

　どうなるかわからないが、とにかく帝相エステートという会社がこの土地の売買を持ち掛けられているのは間違いない。本物の地主という可能性もなくはない。しかし直感的に、十中八九、売り主は〈マザーズ・ランド〉だとロンは確信していた。もし採用されなければ、おとなしく警察に情報を流すまでだ。

二日後、ロンのスマホに着信があった。山内である。

「面接次第で、インターンという形で受け入れるって。給料は少ないけど」

給料がもらえるだけ上出来だ。ロンは「お願いします」と即答した。

方針は決まった。

この会社に潜りこみ、〈マザーズ・ランド〉――南条不二子とじかに接触する。


帝相エステート横浜本社は、みなとみらいにある高層ビルの七階に入っていた。不動産を扱う会社だけあってか、好立地である。フロアの大半を同社が占めていて、ロンは初めての出社の日、ずらりと居並ぶ社員たちに圧倒された。

「一応、俺が小柳くんを指導することになってるけど、わかんないことがあったら誰に聞いてもいいから。俺に許可取る必要もないし」

案内役の山内は、港北ニュータウンで会った時と違って覇気がない。どうやらこれが本来の姿らしい。いくつかの部署に挨拶《あいさつ》を済ませ、最後に案内されたのはロンに用意された座席だった。山内の隣の席である。

「何をすればいいですか?」

「事務全般をやってもらう予定。心配しなくても、やることはいやってほどあるから。とりあえず、このシールをひたすら封筒に貼ってもらえる？」

山内はいくつもの宛名が記されたシールと、封筒の束をどさりと置いた。ざっと百は超えている。

「……了解です」

「まだ一部だからね。飽きると思うけどよろしく」

それから数日間、ロンはひたすらシールを貼り続けた。

ロンに与えられるのは書類の封入といった単純作業や簡単な電話応対、会議時の飲み物の準備などだった。書類の整理は「まだ怖いから」という理由で任せられず、些末《さまつ》な雑用ばかりを命じられた。

さほど頭を使わないおかげで、周囲の観察ははかどった。

例の港北ニュータウンの土地は、山内が主担当となって売買契約の準備を進めているようだった。休憩時間や作業の合間にさりげなく聞き出したところによれば、地主との間に仲介業者が入っているらしい。

「その業者の担当者、なんて人ですか？」

「タナカって人」

「どんな人なんです？」

「うーん。五十代くらいの女の人。押しは強くないけど、割とやり手な印象かな。エメラルドのネックレスしててさ。どちらかといえば派手な感じ」

ネックレスを持っていたかは記憶にないが、年齢や性別は南条不二子と一致する。似顔絵のデータは欽ちゃんからもらっていたから、見せようかとも考えたがやめた。あまり怪しまれてもやりづらい。

山内いわく、例の土地はマンション用地として購入予定らしい。知れば知るほど、〈マザーズ・ランド〉の仕業としか思えない。最終的な稟議《りんぎ》はこれからだが、社長の内諾はすでに得ているという。

「結構、大きい案件なんですか」

「二億だからな。俺の経験では一番でかい」

「二億……」

青葉区の土地の被害額は一億五千万。金額が上がっている。

本当に、このことを警察に知らせなくてもいいのか。ロンは幾度も迷ったが、結局は誰にも口外しないことを選んだ。言えば、ロンが直接南条不二子を詰問するチャンスはなくなる。ここまで来れば、十二年ぶりに対峙《たいじ》しなければ気が済まない。

母の口から真相を聞くのだ。

父が死んだのは事故なのか。あるいは――

ただし、帝相エステートで働きはじめたこと自体は良三郎に伝えていた。晩酌中に報告を受けた良三郎は、酒を噴き出しそうな勢いで「本当か！」と言った。

「いやあ、不動産か。まさかそっちに興味を持つとは思わなかったが、この際、まともに働く気になったならなんでもいい。なに、最初は安くこき使われるかもしれんが、まじめにやってれば自然と待遇はよくなるもんだ」

饒舌《じょうぜつ》に語る祖父を前にするとさすがに罪悪感を覚えたが、真意を言うわけにもいかず、ロンはそそくさと自室に引っこんだ。

しかし良三郎はよほどうれしかったらしい。数日のうちに、中華街にいる顔見知りたちの多くがロンの仕事について知っていた。励ましの言葉をかけられるたび、ロンは苦笑いで応じた。残念ながら不動産屋になるつもりはさらさらない。

——さっさと解決して、あの会社辞めないと。

会社を辞めれば良三郎たちは落胆するだろうが、どうせ落胆するなら傷は浅いほうがいいだろう。

インターンとして働きはじめてからひと月ほど経った三月のある日、打ち合わせから戻ってきた山内が鼻歌を歌っていた。そんなことは初めてだった。

「いいことあったんですか」

「港北ニュータウンの土地、正式に購入できる段取りが整った」

承認が降りたという話は少し前に聞いていたが、購入のための資金準備にも目途が立ったらしい。

「来週、地主たちがうちの会社に来る。いよいよ本契約だ」

「へえ……よかったですね」

山内はよほど興奮していたのか、他の社員にも繰り返し同じ話をした。ロンは隣の席で会話に聞き耳を立てる。地主たちとの約束は来週木曜、午後一時から。先方は仲介業者と司法書士も同席する予定だという。

コーヒーを手にした山内が言う。

「向こうは地主も、司法書士も女性みたい。ちょっとめずらしいよね」

もはや相手が〈マザーズ・ランド〉であることに疑いはなかった。

ついに、南条不二子が来る。

これを逃せば、二度と接触のチャンスはない。なんとかして、不二子が逃げられない状況を作り出さなければならない。

ロンは考えた。来訪した地面師たちは応接室へ通す予定になっている。部屋の外では逃げられる可能性があるから、応接室に入った後がいい。狙い目は、不二子たちを応接室に通してから、商談が開始するまでのほんのわずかな時間。

多少強引なやり方になるが仕方ない。会社に迷惑をかけるのは申し訳ないが、どうせ辞めるのだ。

「山内さん」

「おう、どうした」

ロンは山内の目をまっすぐに見る。

「なにがあっても、強く生きてくださいね」

「……は？」

おそらく来週木曜、山内は絶望の底に落とされる。ロンが防ぐのだから実害は生じないが、それでも地面師に騙されていたと知れば平常心ではいられないだろう。

「悪いのは山内さんじゃないですから」

「……何言ってんの、小柳くん」

フロアに妙な空気が流れる。ロンは下手な愛想笑《あいそわら》いでごまかした。


その日、ロンは一睡もできないまま朝を迎えた。

ついに南条不二子と対面する。十二年ぶりに会う母は、どんな容姿になっているだろう。向こうはすぐに実の息子だと気が付くだろうか。あり得ない、というのがロンの推測だった。最後に会ったのは九歳のころだ。少なくとも本題に入るまでは、小柳龍一だとバレるはずはない。

しかし相手は実の母だ。用心に越したことはない。マスクをして、似合わない伊達《だて》メガネまでかけた。できるだけ目立たない服装がよかったが、ロンはスーツを持っていない。仕方なく、ありあわせの服でそれらしい格好をした。

寝不足の目をこすり、自宅を出る。

みなとみらい線で元町・中華街駅からみなとみらい駅へ。車両のなかは疲れた顔の男女ばかりだった。通勤電車はどうやっても好きになれないが、これが最後かと思うと感慨深い。

——やっぱり会社員はムリだな。

それがインターンを経験したうえでの結論だった。

忙しいのはまだ我慢できる。ただ、上司や顧客からの理不尽な要求に応《こた》えることはロンにはできない。たまたま聞こえてくる噂話の範囲だけでも、山内をはじめ帝相エステートの社員たちが強いストレスに晒《さら》されているのがわかった。そして、その原因が社員本人とは別のところにあることも。

自分の仕事を自分で決められないのであれば、会社員にはなれない。朝から居眠りをしているスーツの男性を眺めながら、ロンはそう思った。

ビルの七階までエレベーターで上がり、フロアに用意された自分の席につく。先に出勤していた山内から「メガネかけてたっけ？」と聞かれたが、適当に受け流した。午前中の作業はほとんど上の空だった。

　昼休みに入る前、さりげなく山内に切り出す。

「一時からの打ち合わせ、僕がお茶用意しますね」

「ん？　おお、頼む」

　食欲がわかなかったので昼食はパスした。オフィスの壁には時計が掛けられている。ひどくゆっくりと進む秒針をにらみながら、ロンはその時を待った。来客があれば、山内の席の内線電話が鳴る手はずだった。

　十二時五十分、内線電話が鳴った。山内も席にいたが、ロンは最初のコールですばやく手を伸ばした。

「はい、営業企画部山内のデスクです」

「お世話になります。一時からお約束しているタナカですけども」

　背筋が凍った。

　母の声だ、と瞬時にわかった。

「……少々お待ちください。すぐ参ります」

　立ち上がろうとした山内を制して、「僕、行きます」と伝える。

「山内さんはゆっくり来てください」

「え、いや……」

「大事な商談なんですよね。コーヒーでも飲んで、落ち着いて来てください」

中腰だった山内は、どさりと腰を下ろした。

「それもそうだな。じゃ、定刻少し前に部長と行くから」

「わかりました」

逸《はや》る気持ちを抑えて、早歩きでエントランスを目指す。まずは応接室に通し、ドアを施錠して逃げ場をなくすのだ。耳の内側で、心臓がどくどくと鳴っているのがわかった。摺《す》りガラスのドアを勢いよく押し開ける。

エントランスには三人の女性がいた。

グレーのスーツを着た四十歳前後の女性。ベージュの上下をまとった六十代くらいの女性。そして、もうひとりは——

黒いコートを着た、ショートカットの女。エメラルドのネックレス。

ロンは息を呑んだ。

タナカこと南条不二子は、腕を組み、堂々とそこにたたずんでいた。

——落ち着け。

ロンは視線を逸らし、マスクの下で大きく息を吸って、用意してきた言葉を口にする。

「お待たせしました。山内は間もなく参りますので、よければ先に応接室へ……」

先に立って歩き出したロンの後ろを、三人の女たちがついてくる。先頭にスーツの女。

身なりから察するに司法書士だろうか。その次が、最も年長らしき女。消去法で彼女が地主役ということになる。そして、最後に南条不二子。

廊下を進み、ドアを開ける。

「では、こちらへ……」

振り返った瞬間、ロンは異変に気が付いた。部屋に入っていく二人の女たち。その後ろにいたはずの、最後の一人がいない。目を離していたのはほんの数秒だった。

「おひとり、どちらかへ？」

「あれぇ？　お手洗いかしらね」

六十代の女が首をかしげる。とぼけているようには見えない。

次の瞬間、ロンは駆けだしていた。直感的に、何が起こっているのか理解した。

——気付かれた！

南条不二子に逃げられた。行き先も告げず、物音も立てずに消える理由は他にない。

急いでエントランスへ引き返す。しかしそこに人影はない。エレベーターはまったく違う階にいる。

——非常階段か。

エレベーターが七階に来るのを待っている暇はないと判断したのだろう。ロンは急いで非常階段に通じる重いドアを開けた。フロアと区切られた、専用の狭いスペースへと足を踏み入れる。踊り場に立つと下の階から、かん、かん、とヒールの高い音が響いてきた。

不二子の足音だ。

「おい、待て！」

ロンは二段飛ばしで階段を駆け下りる。多少リードされているとはいえ、相手はヒールを履いた五十代の女性である。スニーカーのロンが追いつくのに、さほど時間はかからないはずだった。

走りながらロンは内心で舌打ちをする。

——よく気付いたな。

十二年ぶりだというのに、顔を合わせたほんの数秒で、マスクと眼鏡をしたロンの正体を見抜いたというのか。見通しが甘かった。悔しさに奥歯を嚙《か》みしめる。

「逃げられると思うな！」

止まらなかった足音が、急に止んだ。まさか呼びかけに応じたのだろうか。しかし三階に降りても、二階まで降りても、不二子の姿はない。とうとう一階に到着した。そこでロンはようやく、途中階で不二子がフロアに戻ったのだと悟った。

「くそっ！」

完全に見失った。急いで一階フロアに戻ってから、どう動くべきか逡巡《しゅんじゅん》した。まだビル内にいるのであれば、一階で待ちかまえていればいい。だがすでにエレベーターで一階へ降り、ビルの外へ出ていたら。追いかけようがない。

ここで待つか。当てもなく外へ飛び出すか。

エレベーターの箱は、ロンが到着した時から一階で停止している。

考えている暇はなかった。

ビルの正面からみなとみらいの街へ出たロンは、駅を目指した。車で逃げられていたらどうしようもないが、周辺には流しのタクシーが少ないし、このビルは駅から至近距離にある。徒歩で駅を目指す可能性は十分ある。

ロンは改札口に向けて全力で走った。

一番出口から階段を駆け下り、広い地下通路をまっすぐに走る。通行人はまばらだった。

——いないのか。

七階から一気に降り、ここまで全速力で走ってきたせいでさすがに息が上がってきた。両ひざに手をつき、呼吸を整える。咳をすると、口のなかに鉄の味が広がった。今さら、会社に残してきた二人の女たちのことが気になっていた。あの二人も逃げてしまっただろうか。せっかく〈マザーズ・ランド〉を捕まえるチャンスだったのに。

——俺のせいだ。

警察に知らせず、勝手な判断で動いたせいで詐欺師たちを取り逃がした。絶好のチャンスをふいにした。

いや。まだだ。

ロンはまたすぐに、疾走をはじめた。まだ終わったわけではない。行く手に南条不二子がいる可能性が残されている限り、走るのを止めてはいけない。ロンは中央改札を目指して駆けた。

改札口の周辺は多少人の行き来が激しい。サラリーマンの二人連れや学生らしき一団に混ざって、ふらふらと歩いている黒いコートの女がいた。

——見つけた。

ロンの胸で、再び執念の炎が燃えあがった。

瞬く間に追いすがると、改札を通り抜ける寸前で女の肩をつかんだ。そのまま力まかせに引き寄せ、身体を反転させる。

南条不二子が、目を見開く。逃げようとするがロンが両肩を押さえて放さない。

「逃げるなよ」

血走った目を剝《む》き、荒い呼吸の合間を縫ってロンは言う。

「おとなしくしろ。もう逃げられない」

「なんでここにいるの！」

悲鳴をあげる不二子の顔には、怯《おび》えが浮かんでいた。

「なんでもいい。とにかく、もう終わりだ。詐欺なんかしやがって」

「放せ！」

どれだけ身をよじっても、もはや無駄だった。

「十二年前、あんたがオヤジを殺したのか？」

「は？」

周囲の視線も気にせず、ロンは大声で尋ねた。

「最初から保険金狙いで、事故死させるためオヤジに酒を飲ませたのかって聞いてんだよ。答えろ！」

不二子は沈黙し、いったん目を伏せ、それからふっと鼻で笑った。

「バカじゃないの」

皺の増えた目元を緩ませ、笑顔をつくってみせる。

「あんたもあのじじいも、みんなバカ。誰も知らない。誰も興味ない。私のことも、孝四郎のこともどうだっていい。だから理解できない」

「……どういうことだ？」

「結婚記念日だったの」

勝ち誇ったような笑みで、不二子は言う。

「だから孝四郎は柄にもなくお酒を飲んでた。それだけ。知らなかったでしょう、あの日が私たち夫婦の結婚記念日だなんて。じじいは知ってるはずだし、あんたにも前から言っていた。それなのに誰もその可能性を考えない。みんな、私が孝四郎を酔わせて殺したと思ってる。それに腹が立った。だから保険金全部持ち逃げしてやったの。孝四郎だって、きっとそうすることを望んでた」

ロンは呆然《ぼうぜん》とした。

そんな可能性、頭をかすめもしなかった。だいたい、結婚記念日だったとしても不二子の殺意を否定することにはならない。論理的にはそう考えられるはずなのに、ロンは本心の部分で不二子の説明を受け入れてしまっていた。

「……オヤジの名前を口にするな」

そう抗弁するのが精一杯だった。だが不二子は止まらない。

「私は悪くない。全部、あんたたちが悪い。私と孝四郎の二人でさっさとあの家を出てれば、こんなことにならなかった！」

ロンの両手の力が緩んだ。

その隙《すき》を、不二子は見逃さない。肩をつかむ手を振り払い、背を見せる。瞬時にＩＣカードを自動改札機にかざし、すり抜けた。「おい」とロンが叫んだ時にはもう、ホームからやってきた人の群れに紛れていた。

「まだ終わってない！」

すぐに後を追おうとしたが、改札を出る人々の波に阻まれた。やっと改札を抜けた時にはもう不二子の姿はない。

結婚記念日。だからなんだ。

あんたが傷ついたら、俺は捨てられてもいいのか？

母と子って、そんなに簡単に縁を切れるもんなのか？

じいさんがあんたのためを思ってなかったとでもいうのか？

頭のなかはぐちゃぐちゃだった。いくつもの疑問と怒りが渦を巻いていた。話は終わっていない。むしろ、これからだ。

階段を駆け下りてホームにたどりついた時、横浜方面へ向かう車両のドアが開いた。黒いコートの女が乗りこむのが見えた。

「南条不二子！」

母さん、とは呼べなかった。呼びたくなかった。

ロンが飛びこもうとした直前、目の前でドアは閉まった。分厚いガラス越しに、母と息子の視線が交錯した。不二子の冷たい双眸《そうぼう》が、ロンを見下ろしていた。胸元のエメラルドが輝いている。

彼女は挑発するように、ひらひらと右手を振った。

「ふざけんな！」

絶叫も虚しく、車両は走り出す。暗闇《くらやみ》に消えていく車両に向けて、ロンは叫んだ。

「逃げられないからな！」

ホームにこだました声が、やがて溶けていく。ベンチに腰を下ろした。顔を両手で覆い、歯を食いしばる。

――クソが。

叫んだ言葉に嘘はなかった。

これから先、何年、何十年かかろうが、南条不二子を捕まえる。ロンが生きている限り、必ず。何があっても、あの女には罪を償わせる。

顔を上げたロンの目は、真っ赤に充血していた。

四月下旬の山下公園には、春の気配が漂っていた。まだ上着は手放せないが、真冬の刺すような海風ではない。吹く風には温かみが混ざりはじめていた。

「媽祖《まそ》誕《たん》ってもうすぐ？」

車いすに座ったヒナが尋ねてくる。ウインドブレーカーを着たロンは、その後ろで手押しハンドルを握っていた。媽祖誕とは、毎年旧暦三月二十三日に開かれる神事である。中華街の媽《ま》祖廟《そびょう》を舞台に、航海の守護女神と呼ばれる媽祖の誕生を祝う。

「来週。ヒナ、行くか？」

「うーん……やめとく」

外出にはかなり慣れてきたようだが、まだ人の多い場所は怖いらしい。ロンは急《せ》かすことなく、本人の気が向くのを待つことにしている。

「そういえば、ロンちゃん」

「なんだよ」

あらたまった言い方にいやな予感がする。

「そろそろ例の件のこと、教えてもらってもいい?」

ヒナが言わんとすることはすぐにわかった。とぼけても無意味であることは、ロン自身がよくわかっている。

あれから一か月が経とうとしていた。たしかに、そろそろ話すべきかもしれない。

「そこに座ろう」

ロンはベンチの横に車いすを止めた。ヒナと並んで海を見るような格好で、ベンチに腰掛ける。どう切り出すべきかしばし考えた。ヒナはロンが口火を切るのを、黙って待っていた。

「……どこまで話したっけ」

「お母さんと再会したところ」

「再会っていうか、そんなに感動的なもんじゃないけど」

南条不二子を取り逃がしたあの日、会社に戻ると数台の警察車両がビルの前に停《と》まっていた。唖然《あぜん》とするロンの前に現れたのは、欽ちゃんだった。

「お疲れさん」

状況が飲みこめないロンには「なんで」と問うのが精一杯だった。欽ちゃんはため息を吐く。

「お前は秘密でやってるつもりだったかもしれないけどな、この会社に潜入してることなんかとっくにお見通しだ。いきなり不動産屋で働きはじめるって聞いて、一発でわかった。担当の山内って社員は知らなかったようだが、社長にはあらかじめ警察から事情は話してあった」

「じゃあ……ずっと警察に監視されてたのか？」

「そういうこと」

全身から力が抜ける。これまで抱えていた葛藤は、まったくの無駄だった。

「ひどいな。黙ってたのかよ」

「お互い様だろ。おかげで応接室にいた司法書士と地主役の女の身柄は確保できた。同じタイミングで森沙耶香も引っ張っている」

それを聞いて安堵した。不二子には逃げられたが、他の二人は逮捕できたのだ。この好機がまったくの無駄にならなかったのは不幸中の幸いだった。

「大月先生の言ってた通り、司法書士は懲戒処分を受けた過去がある人物だった。そっちの線からも捜査が進んだおかげで、令状が取れた。これで〈マザーズ・ランド〉はほぼ壊滅だ。南条不二子だけは逃がしたけどな」

「ごめん」

「謝るな。これは警察のミスだ。だが共犯者は捕まったし、近いうちに南条不二子も捕まえられるだろ。心配しなくていい」

「……欽ちゃん」

「なんだ」

「もしかして、俺が直接あの女を捕まえるチャンスをくれたのか？」

九歳上の幼馴染みは、ふん、と一蹴した。

「ただのミスだよ。それに、警察内部では今回は二課の案件だ。俺はどうでもいい」

言葉と裏腹に、欽ちゃんは苦々しい顔で高層ビルを見上げていた。

その後、ロンは近くの警察署で事情聴取を受けてから解放された。昨年起こった爆破未遂事件や監禁殺人事件に関わったせいで、警察官から聴取されるのも慣れっこだった。あまりに平然としているので、担当の警察官に「気味悪いな」と言われた。

中華街に戻ったロンは、一日寝てから、帝相エステートの人事部に電話をかけて退職を告げた。「はい、わかりました」とあっけなく退職は了承された。先方は事件の余波で、それどころではないようだった。

山内にはお詫《わ》びのメールを送った。返信はすぐに来た。

〈残念。いい後輩になってくれると思ったのにな〉

地面師事件の当事者として心身をすり減らしているはずなのに、山内は最後までいい人だった。ロンは胸の痛みを覚えながら、自分に言い聞かせるように言った。

「俺に会社員はムリだ」

地面師集団の女性三名は逮捕され、人々の関心を集めた。司法書士や地主役は「仲介業者役の人物に騙された」と話している。ただ、郵便物の受け取りなど裏方の仕事を担っていた森沙耶香だけは、異なる証言をしているという。

森の証言を再現したVTRを、ロンはワイドショーで見た。

「彼女は、シングルマザーの私を救ってくれたんです。私の孤独を、彼女だけはわかってくれた。他のメンバーもみんな、子育てや子どもとの関係に苦しんでいる女性ばかりです。彼女は孤独な母親たちを救うために立ち上がったんです」

苦しいからといって詐欺を働いていいことにはならない。だが、母親たちの孤独を否定することもできなかった。

みなとみらい線に乗って逃げた南条不二子の行方は、依然として不明のままだった。横浜駅で警察が先回りして待ち構えたが、すでに彼女の姿は車両内になかった。監視カメラの映像から、途中停車した新高島駅で降りたことがわかった。その後の足取りはつかめていない。

主犯格の女性が「翠玉楼」にいたロンの母らしい、という噂はすぐに中華街に広まった。ロンのもとにはヒナやマツ、凪からも連絡があったが、どう説明していいかわからず、しばらく待ってほしいと答えた。

一か月が経った今も、頭のなかがすっきり整理されたわけではない。だが、語ることで見えてくるものがあるかもしれない。だとしたら、不完全でも胸のうちを明かすことは意味がある。

ベンチに座ったロンは海を見ながら、言った。

「今まで、あの人のことは考えないようにしていた」

あの人。それが誰を指すのか、説明は不要だった。

「考えれば悲しくなるし、ムカつくのがわかってたから。だからあんまり考えないようにしてきたし、思い出しても深入りしないようにしてきた。十二年の間、ずっと」

ヒナはじっとロンの横顔を見ていた。

「あの人、エメラルドのネックレスしてたんだよ」

ロンは目を閉じる。瞼の裏には、いまだその輝きが焼き付いていた。

「俺、知らなかった。そんな派手なアクセサリーつける人だなんて。結局、なんにも知らなかったんだよな。息子のくせに。勝手に家から消えたことは許してないし、詐欺に手を染めたのも許せない。許せないけど、でも、何を考えていたのか、なんでそういう行動に出たのか、それを知らずに嫌い続けるのも違うっていうか……ごめん、まだ全然まとまってないんだけど」

「いいよ」

話したところで、混乱した頭は整理されなかった。それどころか余計にまとまりを失っている。どんな言葉も輪郭をなぞっているだけで、核心に迫っていない気がした。

辛抱強く待っているヒナの横で、ぽつりぽつりと話を続ける。

「嫌うにしても、色んなことをちゃんと知ったうえで嫌いになるべきなのかもしれない。それとは別に、詐欺師としての罪は償うべきだし。とにかく、あの人は絶対捕まえないといけない」

断言できるのはその一点だった。

――いずれ、南条不二子は必ず捕まえる。

ロンの話は説明になっていなかったが、ヒナは問いただすこともせず、「そっか」とだけ言った。

「少しは前向きになってるみたいでよかった」

「前向きではあるよ、ずっと」

「そうかな。先月話した時はへこんでたけど」

「まさか」

ロンは軽く笑い飛ばし、ベンチから立ち上がった。

「もう少し歩くか」

ヒナがうなずく。ロンは再びハンドルを握って、海沿いを歩き出した。

「ねえ、ロンちゃん」

「今度はなに？」

「なんで今回に限って、私たちに一言も言ってくれなかったの。いつも面倒な作業ばっかりお願いしてくるくせに」

「なんでだろうなぁ。相談するの忘れてた」

「今度からは頼ってよ。マツや凪さんも心配してたから、後でちゃんと連絡してあげて」

「はい、はい」

「本気で言ってるからね」

振り返ったヒナの顔は、たしかに本心から怒っているようだった。ロンはあらたまった口調で「すみませんでした」と応じる。

ロンは恵まれた環境にいることを自覚していた。自分には、本気で心配してくれる人がいる。いざという時に頼れる人がいる。ヒナが、マツが、凪がいる。欽ちゃんがいる。良三郎がいる。小さいころから育ってきた、中華街の人たちがいる。

「……かな」

つぶやきは風にかき消された。ヒナが「え？」と聞き返す。

「いや。なんでもない」

——母さんにも、頼れる人がいれば違ったのかな。

そう言ったのだが、聞かれずに済んでよかった。母さん、と口にしたのはずいぶん久しぶりのことだった。

唐突に、ヒナが「よし」と握りしめた両手を挙げた。

「やっぱり行ってみようかな。媽祖誕」

「いいのか？」

ヒナは「なんか行ける気がする」という。

「無理しなくていいからな。怖くなったらやめろよ」

「わかってる」

ロンは車いすを方向転換する。

その瞬間、強い海風が吹いた。思わずロンは振り返る。

目の前に広がるのは青白い海面と、遠くに見える大黒《だいこく》ふ頭の建物群だけだった。だがほんの一瞬、視界の端で黒いコートの裾《すそ》が翻ったように見えた。

「どうかした？」

「……なんでもない」

ロンはハンドルを握りなおして前進した。

再び海風が吹いたが、もう背後を振り返ることはなかった。

＊

吐き出した電子タバコの煙が、薄暗いバーの空気に溶けていく。

「凪ちゃん、タバコ変えた？」

マスターがすかさず言った。

「よく気付いたね」

「煙の匂いでね」

凪はひとり、相生町《あいおいちょう》のバーで飲んでいた。中華街からは歩いて数分の場所にある。五十がらみのマスターは、別の客が注文した酒を作りながら、カウンター席に座る凪の相手をしてくれていた。

「この間、お店に来た若い人たちがグッド・ネイバーズの話をしていたよ」

グッド・ネイバーズ。凪を含めた三人のMCと、DJから成るヒップホップクルー。名付けたのは凪だ。善隣門の裏側にかけられた扁額《へんがく》の言葉「親仁善隣《しんじんぜんりん》」から採《と》った。グッド・ネイバーズ——善《よ》き隣人たち。

「なんて言ってた？」

「次に跳ねるのはあの人たちだって」

「だろうね」

しわがれた声でマスターが笑う。

「絶好調って感じか」

「そうでもないよ。規模が大きくなると、色々考えることも増えるから」

「たとえば？」

「いつまで仕事続けようかな、とか」

デザイナーのアシスタントとして、高卒でデザイン事務所に入所してから三年。今までは雑務ばかりだったが、最近は少しずつデザイン作業に参加させてもらえるようになってきた。先輩からは専門学校に通うことを勧められている。

マスターは凪の話に黙って耳を傾けた。

「結構なことじゃない。音楽でも、仕事でも必要とされて」

「それはそうなんだけど」

「……音楽一本で食っていけるようになりたい？」

本音では、そうだった。デザインは楽しい。けれど、両方を究めるには時間も体力も足りなすぎる。どちらかひとつしか選べないなら、ラッパーの道を選びたかった。

「半端なまま終わるのはいやだ」

「なら、答えはもう出てるんじゃない？」

「そうだね」

凪はグラスにそそがれたダイキリを飲みほした。

実力はある。人気も出てきている。成功のための足がかりはある。

でも――

このまま有名になっていくことに、迷いがないわけではなかった。山県あずさという本名を隠しても、顔は表に出ている。もしも、あのことを知っている誰かが凪の過去を公表したら……

「やっぱり、もうしばらくは兼業で続けようかな」

マスターは微笑みで応じ、別の客のもとへグラスを運びに行った。

あれからずいぶん長い時間が経った。でも、覚えている人がまったくいないわけじゃない。その気になれば記録を漁ることだってできる。人は忘れる生き物だけど、すべての痕跡を消すことはできない――

目の前がくらくらする。酔いのせいではない。

「帰るね」

マスターに礼を言い、代金を払ってバーを出た。

日付が変わる直前、路上の通行人はまばらだった。凪は暗い場所が好きだった。ライブハウスやバー。そして、夜の街。明るい場所では自分の中身まで見透かされてしまいそうな気がする。だから職場にいる時は、いつも少し緊張している。

空を見上げた。横浜の夜空に輝く星は、そう多くない。凪はひとつひとつの星を指さしながら、数えはじめた。

――全部数え終わったら、家に帰ろう。

凪はしばしの間、過去を忘れて夢中で星を数えた。

（第3巻に続く）

Haruki Bunko
ハルキ文庫

い 27-2

飛《と》べない雛《ひな》 横浜《よこはま》ネイバーズ❷

著者 岩井《いわい》圭也《けいや》

2023年5月18日第一刷発行

発行者 角川春樹

発行所 株式会社角川春樹事務所
〒102-0074 東京都千代田区九段南2-1-30 イタリア文化会館

電話 03(3263)5247(編集)
03(3263)5881(営業)

印刷・製本 中央精版印刷株式会社

フォーマット・デザイン 芦澤泰偉
表紙イラストレーション 門坂 流

ISBN978-4-7584-4559-7 C0193 ©2023 Iwai Keiya Printed in Japan
http://www.kadokawaharuki.co.jp/ [営業]
fanmail@kadokawaharuki.co.jp [編集]　ご意見・ご感想をお寄せください。

今野 敏 安積班シリーズ 新装版 連続刊行

神南署篇

『警視庁神南署』

舞台はベイエリア分署から神南署へ——。

巻末付録特別対談第四弾！ 今野 敏×中村俊介（俳優）

『神南署安積班』

事件を追うだけが刑事ではない。その熱い生き様に感涙せよ！

巻末付録特別対談第五弾！ 今野 敏×黒谷友香（俳優）